KB197057

내 안의 지혜를 깨우는

K-민담

내 안의 지혜를 깨우는

K-민담

김을호 엮음

엮은이의 말

현대사회에 여전히 유용한 문화 자산

민담은 아득한 옛날부터 사람들 사이에서 입에서 입으로 꾸준히 전해 내려오는 옛날이야기다. 여기에는 국민적 정서가 그대로 배어 있어 그 나라의 민족성과 문화를 이해하는데 큰 도움이 된다. 나라마다 자국의 민담을 귀중한 문화유산으로 보존하는 뜻도 그런 의미 때문이다.

'민담'의 주인공은 자신 앞에 주어진 문제, 곧 자기의 동기와 의지를 가로막는 장애와 난관, 혹은 자신 앞에 던져진 시험과 도전에 대응하여 이를 극복하거나 성취한다. 독자들은 주인공이 문제를 해결하고 난관을 극복하며 도전에 성공하는 과정을 통해 호기심과 흥미를 느끼게 되는데, 이야기 전개를 통해 세계에 대한 인식과 태도를 드러낼 뿐 아니라 삶의 태도에 대한 관점과 교훈을 전달하기도 한다.

우리 조상들의 체취가 물씬 배어 있는 'K-민담' 역시 한민족의 정체성이 깊게 밴 소중한 문화유산으로, 한국인 고유의 정서와 함께 오래 묵은 삶의 지혜와 교훈을 담아 시대와 장소를 초월한 인생의 진리를 우의적으로 전달한다.

이들 이야기 속에는 효와 가족 간의 사랑, 자기 계발과 대인관계에서의 처세 전략은 물론 인생의 고비와 난관 속에서도 웃음과 여유를 잃지 않은 선조들의 슬기와 해학이 곁들여져 있다.

이 책은 《대동야승》, 《역옹패설》, 《연려실기술》, 《오산설림》, 《용재총화》, 《청파극담》, 《필원잡기》 등 여러 저작물에서 현대적 콘텐츠로의 개발이 가능한 이야기를 모아 엮은 것으로, 일상에 지친 현대인들에게는 해학 속에 지혜가 넘치는 조상들의 숨결을 불어 넣고자 하였다.

민담은 현대사회에 여전히 유용한 문화 자산이다. 어른이 읽고 아이에게 전하는 이 '옛날 이야기'들을 통해 우리 고유의 정서가 부단히 이어지고, 그 이야기 속에서 독자들이 나름대로 삶의 지혜와 교훈을 얻을 수 있으면 하는 바람이다.

목차

첫째 마당

둘째 마당

셋째 마당

내 안의 지혜를 깨우는

K-민담

첫째 마당

기른 자식 낳은 자식

내기바둑

두꺼비 사위

땅속에 묻은 백금 항아리

돌호박

또두락 구(鳩)

무수옹(無愁翁)

물 건너는 중

민 감사와 그의 매제

사명당과 불상 족자

산돼지를 구해 준 머슴

선행과 보은

소 선비 이야기

기른 자식 낳은 자식

옛날에 경상도 어느 마을에 조 부자라는 사람이 슬하에 딸 셋을 두고 행복하게 살았는데, 아들이 없는 것을 늘 아쉬워했다. 그러던 중 어느 날 이웃 마을에 갔다 오는 길에 거지꼴을 한 사내아이를 발견하고 집으로 데려왔다. 그러고는 자식 삼아 머슴 삼아 키웠다.

그럭저럭 세월이 지나 조 부자는 딸 셋을 모두 시집을 보내게 되었고, 데리고 온 아이도 어느덧 성장하여 장가들 나이가 되었다.

"너도 이제 장가들 나이가 되었구나. 그동안 너에게 정도 들었다마는 어차피 너는 내 혈육이 아니니, 이제 장가를 들거든 네 처와 함께 이 집을 나가 다른 데 가서 살거라."

조 부자는 그렇게 말하며 아이를 장가보낸 후 약간의 돈을 주어 쫓아내다시피 했다. 그런 다음 딸 셋을 집으로 불러 토지 문서를 나눠주면서 말했다.

"재산을 너희들에게 다 주었으니, 난 이제 너희들에게 얹혀서 살아야겠다."

"아버지 그렇게 하셔요. 아버지가 좋아하시는 것은 무엇이든지 해 드리겠습니다."

재산이 탐이 난 딸들이 콧소리를 하자 조 부자는 마음이 흐뭇했다.

재산을 나눠준 뒤 조 부자는 제일 먼저 큰딸 집으로 갔다. 그런데 며칠간은 잘해 주는 듯했으나 열흘이 가지 못해 큰딸이 말했다.

"아버지, 둘째 집에 가서 며칠 쉬다 오셔요."

조 부자는 둘째 딸 집으로 갔다. 둘째 딸도 처음은 잘해 주는 듯했으나 며칠 가지 않아 싫은 눈치를 보이기 시작했다.

"아버지, 막내 집에 한 번 가 보셔요."

조 부자는 괘씸했지만, 꾹 참고 막내 집으로 갔다. 하지만 막내 역시 며칠간은 대접이 좋더니 나중에는 구박이 심했다.

세 딸에게 모두 실망한 조 부자는 분한 마음을 안고 막내 딸 집을 나와 옛날 살던 집으로 돌아오고 말았다. 하루 종일 방 안에 앉아 이리저리 머리를 굴리던 중 문득 주워다 키운 아들 생각이 났다. 재산 한푼 물려받지 못하고 고생하며 살

것을 생각하니 후회가 막심했다. 그러면서 불효한 딸들에게 준 땅을 되찾아 고생하는 아들에게 주어야겠다는 생각이 들었다. 그래서 인편으로 딸 셋에게 편지를 보냈다.

"딸아 보아라. 내가 전에 너희에게 준 토지는 공평하게 나누어 주지 못했다. 허둥지둥 나누어 주다 보니 좋은 땅 나쁜 땅이 서로 공평하게 되지 못했다. 공평하게 다시 나누어 줄 터이니 꼭 오너라. 누구 땅이 좋은 것인지 나쁜 것인지는 보아야 알겠다. 아비의 말을 어기는 일 없이 꼭 오너라."

딸들은 그 편지를 받고 자기가 나쁜 토지를 받지 않았나 하며 약속한 날에 토지 문서를 들고 부랴부랴 달려왔다. 딸들이 내놓은 토지 문서를 손에 쥔 조 부자는 얼굴색을 바꾸고 크게 호령했다.

"당장 집으로 가거라. 꼴도 보기 싫다. 아비 밥 좀 해 주는 것이 그리도 아깝고 싫더냐! 꼴도 보기 싫으니 얼른 가거라!"

조 부자는 호령하며 딸들을 쫓아 버렸고, 토지 문서를 싸 괴나리봇짐을 꾸려 아들을 찾아 정처 없이 방랑의 길을 떠났다.

오늘은 이 고을, 내일은 저 고을, 그럭저럭 돌아다니기를 한 달여, 옷은 남루해지고 얼굴은 핼쑥하게 변했다. 그러나 조 부자는 꼭 찾을 수 있을 것이라는 기대감 속에 피곤한 줄도 모르고 계속 발걸음을 옮겨 다녔다.

때는 점심나절, 오늘은 이 고을에서 한 번 찾아볼까, 하는 생각으로 어느 마을에 찾아 들었다. 그런데 동네에서 얼마 가지 않아 웬 젊은 아낙이 물동이를 이고 나오다 조 부자를 보고는 깜짝 놀라면서 반색했다.

"아버님 아니십니까?"

며느리였다.

"애야, 이 마을에 사느냐? 그런 줄도 모르고 한 달 이상이나 딴 곳을 찾아 헤맸구나. 자, 집으로 가자."

며느리는 조 부자를 집으로 모시고 가서 목욕시키고 옷을 갈아입혔다.

"아범은 어디 갔느냐?"

"예, 아버님, 산에 나무하러 갔습니다."

"여기에 누워있는 아기는 아들이냐, 딸이냐?"

"예, 아버님, 아들입니다. 곧 돌이 다가옵니다."

"허, 고놈 똑똑하게 생겼구나. 이제 손자를 봤으니 죽어도 한이 없다."

"아버님, 무슨 말씀을 그렇게 하셔요. 오래오래 사셔야지요. 곧 밥상을 올릴 테니 잠시만 기다리셔요."

며느리가 밥을 하기 위해 물을 길으러 물동이를 이고 나갔다. 그 사이 손자 옆에 누워 있다가 조 부자는 깜박 잠이 들었다. 그런데 이게 웬일인가. 잠결에 이상한 소리가 들리는 듯하여 눈을 떠 보니 손자가 언제 일어나 기어갔는지 화로에 엎어져 죽어 있지 않은가.

"아차, 장차 이 일을 어이 하리!"

어쩔 줄 모르고 있을 때 저만치 며느리가 돌아오는 기척이 들렸다.

"에라, 모르겠다. 누워서 자는 시늉이나 하자."

당황한 조 부자는 손자를 그대로 두고 누워 자는 척했다. 그리고 조금 있다가 며느리가 방문을 열고 들어오는 기척이 나고 얼마 후 다시 나가는 기척이 들렸다. 조 부자가 화로 쪽을 다시 보았는데, 죽은 손자의 시체가 사라지고 없었다. 이윽고 아들이 돌아오는지 대문 앞에서 남편을 맞는 소리가 들렸다.

"이제 오십니까? 많이 시장하시지요? 놀라지 마세요. 아버님이 오셨습니다!"

"뭐라고, 아버님이? 언제? 빨리 봬야지."

서두르자 말리는 소리가 들렸다.

"여보, 잠깐만 할 말이 있어요."

그러더니 삽을 들고 나가는 기척이 들렸다. 조 부자는 사건의 진상을 알고 있었기에 그 효성스러움에 감동하여 눈물이 핑 돌았다.

얼마 후 아들과 며느리가 돌아왔다. 방으로 들어선 아들은 넙죽 절하며 문안을 여쭈었다.

"아버님, 오랫동안 찾아가 뵙지 못한 불효자가 문안 올립니다."

"오냐, 그동안 고생이 많았구나. 그런데 며느리야. 손자는 어디 갔느냐?"

조 부자가 넌지시 묻자, 며느리가 대답했다.

"예, 아버님 주무시는데 시끄러울까 봐 옆집 애에게 업혀 놀러 내보냈습니다."

조 부자는 고개를 저었다.

"다 알고 있으니, 자초지종을 말하여라."

조 부자의 말에 아들과 며느리는 죽은 손자를 뒷산에 묻고 왔다고 사실대로 말했다.

"너무 걱정 마십시오. 자식은 또 낳을 수 있으니 심려 놓으십시오."

"너희들의 효성에 고개를 들 수가 없구나. 손자가 죽은 것은 내 불찰도 있느니라."

"아버님, 그런 말씀 마십시오. 아버님 불찰은 조금도 없습니다."

아들 내외는 진심으로 그렇게 말했다.

"너희들의 효성은 참으로 갸륵하구나! 이처럼 효성스러운 너희들을 내가 낳은 자식이 아니라 해서 구박한 걸 용서해 주기 바란다. 너희들의 그 효성의 보답으로 여기 나의 모든 재산을 물려주겠다.”

조 부자는 그렇게 말하고는 토지 문서를 내주었다. 그러나 아들 내외는 극구 사양하며 받지 않았다.

“조금도 미안하게 생각할 필요는 없다. 내가 여기서 살다가 죽을 것이니 나를 봉양하는 대가라 여기고 받아 두거라.”

그러나 아들은 여전히 고개를 저었다.

“재산이 없어도 나를 길러 주신 아버지신데 마땅히 모셔야지요.”

“오, 고맙구나! 그래도 제발 받아다오.”

조 부자는 사정하다시피 전 재산을 물려주었다.

그 후 조 부자는 양아들의 효성 속에 행복하게 여생을 보냈으며, 양아들의 효성에 하늘도 감동한 탓인지 손자 손녀들이 많이 태어나 행복하고 부유하게 오래오래 잘 살았다.

내기바둑

임금의 종친으로 서천군이라는 사람이 있었다. 서천군은 대단히 총명한 재주꾼이었으며 학식도 많았으나, 그보다도 취미와 오락을 더 즐겨 그림, 악기, 바둑 따위를 못 하는 것이 없었다. 그중에서도 바둑의 실력이 가장 뛰어나 당할 상대가 없었다. 따라서 바둑의 제일인 '국수'의 칭호를 받았고, 또 바둑을 두다가 묘한 수가 생길라치면,

"서천군의 묘수 같다."

라는 말까지 항간에 떠돌 정도였다.

어느 날 이 서천군을 찾아온 한 노인이 있었다.

"대군께서 바둑을 잘 두신다기에 불원천리하고 가르치심을 받으러 왔습니다."

노인이 점잖게 청했다. 입은 옷으로 보면 어느 시골의 선

비 같았지만, 태도가 지나치게 겸손한 점은 또 상사람 같기도 했다. 게다가 노인은 자기의 성명과 거처도 밝히지 않았다. 서천군은 마침 심심하던 때라서 그런 것은 나중 일로 돌리고,

"그럼, 어디 한 판 두어 보세."

하고 바둑판부터 서둘러 놓았다.

노인도 더 이상 말을 하지 않고 바둑판 앞으로 다가앉더니 바둑알 통 뚜껑을 열었다.

"역시 제가 먼저 흑을 갖겠습니다."

그렇게 바둑은 이내 시작되었다.

그런데 첫판 바둑은 어처구니없이 빨리 끝났다. 결과는 서천군의 분패였다. 대수롭지 않게 여기고 제꺽제꺽 두다가 꼼짝 못 하고 져 버린 것이다. 서천군은 얼굴이 달아올랐다. 창피한 생각도 나고 분한 마음도 들었다. 그래서,

"이번에는 내기하세. 나는 돈을 백 냥 걸겠는데, 그대는 무엇을 걸겠는가?"

하고 노인을 쳐다보았다.

"예, 저는 타고 온 말을 걸겠습니다. 먼 길을 걸어 약간 야위었지만 그래도 백 냥은 넉넉히 되는 명마올시다."

노인은 사랑 뜰에 매어둔 말을 가리키면서 말했다. 서천군도 힐끗 보더니,

"그렇군. 백 냥짜리는 되어 보이네."
하고 머리를 끄덕였다.

그러나 사실은 내기보다는 한 번 진 분풀이가 더 급했던 모양으로, 어쨌든 이래서 두게 된 내기바둑은 서천군이 맥이 빠질 만큼 수월히 이겼다. 그리고,

"세 판 두어 두 판 이기기로 했으니 어서 또 한 번 둡시다."
하면서 서천군이 서두른 두 번째 바둑도 역시 거뜬히 이겼다. 서천군은 기분이 매우 좋았다.

"그러면 그렇지, 날 당할 수 있나. 하지만 그대도 여간 실력이 아닌걸."

그런데 노인은 껄껄대는 서천군보다 오히려 기분이 더 좋았는지,

"허허, 역시 대군께서는 당대의 국수이십니다. 어쨌든 내기에 졌으니, 약속대로 말을 두고 가겠습니다. 그 대신 잘 먹여서 살이나 찌게 해 주십시오. 반년 후 다시 와서 내기바둑으로 꼭 찾아가겠습니다."
하고 미련 없이 떠나려 했다.

서천군은 원래 바둑만 이기면 되었지 정말로 말을 빼앗아 둘 생각은 없었다. 그러나 노인이 하도 태연스레 말하고 다시 오겠다고 하는 바람에,

"염려 말고 어서 가서 수나 더 배워 가지고 오시게, 하하하."

하고 말해 버렸다.

이렇게 해서 생긴 말을 서천군은 특별히 잘 먹이고 길도 들여주었다. 말은 살이 포동포동 찌더니 보기 드문 명마의 모습을 갖추게 되었다.

어느덧 반년이 지났다. 과연 그 노인이 약속대로 찾아왔다. 이렇게 된 이상 또 한 번 내기바둑을 안 둘 수 없었다. 두 사람은 오랜만에 인사도 하는 둥 마는 둥 바둑판부터 차려 놓았다.

"전처럼 3판 2승으로 하시지요."

노인 쪽이 서둘러 말했다.

"그렇게 하세. 그런데 이번에는 말도 안 타고 왔는데 무엇을 걸 텐가?"

서천군이 한 번 우쭐해 보이며 물었다.

"예, 이번에는 소인이 돈 백 냥을 걸고, 대군께서는 약속대로 제 말을 걸어 주십시오."

"오 참, 그렇군. 자, 어서 둡시다."

바둑이 시작되었고, 노인은 첫판을 맥도 못 추고 크게 패했다. 서천군은 필요 이상 껄껄대고 웃었다.

"오늘이 전보다 더 못하오. 하하하. 그래서는 말도 돈도 모두 내 것이 될 게 뻔하겠소."

그런데 서천군의 이 큰 소리는 다음에 둔 바둑 두 판을 연거푸 지고 나서 오히려 분함과 부끄러움으로 변했다. 그 두 판은 서천군이 아차 할 겨를도 없이 처음부터 말이 아닌 꼴로 몰려 꼼짝도 못 하고 크게 패했기 때문이다. 그뿐이 아니라 그 두 판 바둑에서는 서천군이 지금까지 꿈에도 생각 못했던 기기묘묘한 수법이 연달아 나왔다. 서천군은 끝판을 졌을 때 숫제 혀를 내두르고 말았다. 그러자 노인이 상냥한 낯으로 이렇게 말했다.

"대군, 용서하십시오. 실은 제가 까닭이 있어 말을 먹이지 못하게 되어 생각 끝에 한 번 외람된 장난을 한 것입니다. 그러나 이제는 말도 대군 덕에 살이 찌고, 저도 일이 잘 되었으니 도로 찾아가야 하겠습니다."

듣고 보니, 노인은 말을 맡기려고 일부러 져 주었다가 찾을 때는 제 실력대로 이겼다는 이야기다. 노인의 말대로 장난이라면 너무 지나친 장난이다. 그러나 서천군은 괘씸한 생각은커녕,

"하, 참 그런 줄 몰랐구려."

하고 매우 싹싹하게 말했다. 다른 일은 모르되 바둑으로 말하자면, '세상에 이처럼 귀신같은 명수가 있었다니!' 하는 생각을 안 할 수 없었다. 이런 점은 역시 고귀한 가문의 공자다

운 성격이라 하겠다.

“그런 줄 모르고 오히려 실례하였소. 부디 나에게 그 묘한 수를 가르쳐 주시오.”

서천군은 진실로 청했다. 그러나 노인은,

“틈나는 대로 오늘 저하고 둔 바둑을 복기해 보면 그걸로 족하실 겁니다. 그보다도, 외람된 말씀이오나 앞으로 내기바둑은 아예 두지 마십시오.”

하며 행방도 이르지 않고 말을 타고 표표히 대문을 나갔다.

그 후 서천군은 바둑 수가 놀랍게 높아졌다. 물론 그날 노인과 둔 바둑을 다시 늘어놓으며 연구해 터득한 덕분이다. 그러나 다시는 바둑 실력을 뽐내지 않고, 또 내기바둑도 두지 않았다고 한다.

두꺼비 사위

옛날에 낚시질을 해서 먹고 사는 노인이 있었는데 하루는 나가서 종일 낚시질을 해도 물고기가 물지 않았다. 다음날 다시 나가 낚시질하는데도 한 마리도 걸려들지 않았다. 그리하여 사흘 만에 다시 강가에 나가 낚시를 담가 놓고 가만히 앉아 있으려니 낚싯줄이 팽팽해졌다. '에쿠, 걸렸구나' 하여 낚시를 잡아당겼더니 두꺼비 한 마리가 걸려 있었다.

"제기랄, 사흘을 굶었는데 겨우 두꺼비야? 재수도 없다."

영감은 두꺼비를 담아 가지고 집으로 돌아오자, 할멈이 물었다.

"오늘은 좀 잡았소?"

"못 잡았는데 해 다 질 무렵 두꺼비가 물렸잖아. 그래 가져왔는데 어디 두고 보자고."

그리하여 내외는 두꺼비를 집에 두고 키웠다. 그리고 얼마 지나 신기하게도 두꺼비가 영감에게 말을 건네는데,

"부잣집 셋째 딸에게 장가보내 주시오."

하는 것이었다.

처음에는 당치도 않은 말이라고 거절했지만, 두꺼비가 조화를 부리니 할 수 없이 영감이 부잣집 주인을 찾아가 부탁했다.

"우리 두꺼비를 셋째 사위로 삼아 주십시오"

그러자, 기가 막힌 부잣집 주인이 하인을 시켜 영감을 결박시켜 버렸다. 하지만,

"우리 두꺼비를 셋째 사위로 삼지 않으면 이 집은 뿌리째 망해 버릴 것이오."

하고 영감이 큰소리 치자 주인은 겁이 나서 영감을 풀어 주고, 두꺼비가 자꾸 조화를 부리기에 할 수 없이 셋째 사위로 삼기로 했다.

두꺼비에게 시집가라는 말에 셋째딸은 가기는 갈 테지만 첫날밤에 두꺼비도 죽이고 자기도 죽으면 그만이라며 승낙했다.

얼마 후 두꺼비가 벌룩벌룩하면서 장가들러 왔고, 식이 끝나고 첫날밤에 신부가 칼을 내놓으며 말했다.

"너 죽고 나 죽는다."

그 말을 들은 두꺼비가 말했다.

"그럴 필요 없이 내가 여기 누울 테니 살가죽만 잘 베시오."

신부가 그렇게 했더니, 훤칠하고 훌륭한 신랑이 두꺼비 가죽을 벗고 나오는 것이 아닌가.

"내가 다시 가죽 안으로 들어갈 테니 처음 같이 꿰매시오"

신부는 시키는 대로 했다.

큰방에 있는 부잣집 부부는 첫날밤을 지내는 건넌방을 건너다보면서,

"아침까지 딸이 안 나오면 꼭 죽은 것이다."

하고 한숨 섞어 말했다. 그런데, 아침이 되고 방문이 열리면서 셋째 딸이 나오는데 화색이 돌았다. 부부가 셋째 딸에게 물었다.

"신랑이 두꺼비 아니더냐?"

"두꺼비예요, 아버지."

"두꺼비 신랑 보기도 싫다. 어서 시집으로 데려가거라."

부모가 진저리를 치자 딸은,

"네, 가겠어요."

하고 두꺼비 신랑과 함께 집으로 돌아왔다.

얼마 지난 뒤 장인의 환갑이 돌아왔다. 두꺼비와 신부는 처가로 갔다. 손님들이 많이 앉아 있는 큰방 윗목에 앉은 장

인이 두꺼비를 보고는,

"넌 뭐 땜에 왔니?"

하고 물었다. 그러자 두꺼비는,

"아, 장인 환갑인데 제가 안 와 보고 되겠습니까?"

했다. 그러자 손님들이 하하하 웃어댔다. 주인은 두꺼비 신랑이 더 부끄러워졌다. 손님들이 번갈아 가며 발로 두꺼비를 툭툭 치며 다른 방으로 가라고 했다.

두꺼비 사위가 장인에게 말했다.

"장인 환갑에 고기나 잡아 올까요?"

"무슨 고길?"

"꿩이나 토끼나 돼지나 노루나 잡아 오겠습니다."

"아니 네가 그걸 잡아?"

"네, 잡아 올 테니 장인의 말을 빌려주시고, 마부와 하인들을 함께 가게 해 주십시오."

"좋다."

장인은 하인과 마부를 불러 사냥 갈 준비를 시켰다.

두꺼비 신랑은 장인의 말을 타고 깊은 산속으로 들어갔다. 한참 들어가 마당같이 널따란 바위가 있는 곳에서 두꺼비 신랑이 부적 같은 것을 한 장 써서 하인에게 주면서 말했다.

"이 편지를 가지고 저 산등성이를 넘어가면 중이 옷을 벗고 이를 잡고 있을 테니 그 중에게 주어라."

갸우뚱거리며 하인이 산등성이를 넘어가니 정말로 한 중이 웃통을 벗고 있었다. 해서 종이를 건네주었더니 읽고 나서 말했다.

"알았다. 너 먼저 가거라. 나는 옷을 입고 갈 테니……."

하인은 먼저 돌아왔다. 그런데 조금 있다가 꿩이 날아오더니 움직이지 못하는 것이었다. 또 토끼가 뛰어오더니 꼼짝 못 했다. 뒤이어 돼지, 노루도 여러 마리 달려왔다. 두꺼비 신랑은 하인들에게 그것을 다 산 채로 묶어 말에 싣도록 했다. 그리고 집으로 돌아오는 길에 첫째 사위와 둘째 사위를 만났다. 그 들도 사냥을 나섰다가 허탕을 치고 돌아오다가 사냥거리를 잔뜩 잡은 두꺼비를 보자 이렇게 말했다.

"잡은 짐승을 우리에게 주지."

"줄 수는 있지만 내 말을 들어야 하오."

첫째와 둘째 사위가 무슨 말이든 들어 주겠다고 했다.

"그럼, 웃통들을 벗고 돌아앉으시오."

둘은 웃통을 벗고 돌아앉았다. 두꺼비 신랑은 어깻죽지를 꽉 물어 상처를 낸 다음 짐승들을 모두 첫째와 둘째 사위에게 나눠 주었고, 둘은 산 짐승들을 모두 죽여서 자기들이 잡은 것처럼 가지고 처가로 갔다.

두꺼비가 빈손으로 돌아오니 사람들이 비웃었다.

"보라고, 두꺼비가 잡긴 뭘 잡아. 개코를 잡아!"

민망한 부잣집 주인은 두꺼비에게 그만 돌아가라고 했지만, 두꺼비는 변죽 좋게도 주저앉아 일어날 생각을 안 했다.

"아, 나도 장인 환갑 보러 왔는데 다 끝나야 가지요."

환갑 잔치가 끝나고 두꺼비 신랑은 신부를 앞세우고 집으로 돌아왔다. 집에 돌아온 두꺼비는 영감에게 말했다.

"나는 이제 가야 할 때가 왔습니다. 사실 나는 두꺼비가 아니고 옥황상제의 아들인데 너무 더워서 바다에 내려와 목욕하고 있을 때 아버님 낚시에 걸린 것입니다. 아버지 어머니가 팔자 고치려고 날 잡은 것입니다. 나는 지금부터 처가에 조금 다녀오겠습니다."

처가로 간 두꺼비 신랑이 장인에게 첫째와 둘째 사위를 불러 달라고 했다. 그런 다음 두 사위를 보고,

"지금 장인이 볼 수 있게 웃통을 벗으시오."

하니 할 수 없이 옷을 벗었고, 어깨 상처가 드러났다.

"이 상처는 내가 문 상처요. 이 두 놈은 원래 내 부하인데, 사냥은 이들이 한 게 아니고 내 것을 빼앗은 것이요. 너희들은 이제 여기 살 생각은 하지 마라."

두꺼비가 그렇게 말하고는 벌을 주자 그 둘은 그 자리에서 도망가 버렸다.

두꺼비 신랑은 다시 집으로 돌아와 영감에게 말했다.

"전 하늘로 올라갈 텐데 아버지 어머니께 여기 있는 뜰을

모두 논으로 만들어 줄 테니 거기서 농사를 지으며 오래오래 사십시오."

두꺼비 신랑이 허물을 벗고 난 뒤 동서남북에 4배하고 나서 앉자 청정 하늘에 별안간 번개가 치고 안개가 자욱해지더니 뜰을 몽땅 들어 올렸다. 그러자 비가 마구 쏟아지는데, 이틀 후 비가 그치자 황폐했던 땅이 논이 되어 있었다. 그래서 돌로 경계를 삼고 늙은 부부는 큰 부자가 되어 잘 살았다.

땅속에 묻은 백금 항아리

옛날 김씨 성을 가진 어진 재상이 있었다. 그런데 이 재상은 젊었을 때는 집안이 가난하여 어떤 절에서 가까스로 끼니를 때우며 글공부해야 했다. 그런데 그 절 뒤에는 늙은 회화나무가 한 그루 있어서 마치 큰 우산처럼 드리우고 있었고, 김 선비는 이 회화나무 그늘에서 때때로 피곤한 몸을 풀었다. 그런데, 하루는 지팡이로 땅을 두드렸더니 뜻밖에도 거기서 괴상한 소리가 울려 나왔다. 순간 이상한 생각이 들었다.

'혹시 무엇인가 귀한 게 묻혀 있지 않을까?'

김 선비는 무의식중에 흙을 조금씩 긁어냈다. 그러자 얼마 안 파서 큰 항아리가 한꺼번에 세 개가 나왔다. 항아리 속에는 또 뜻밖에도 백금이 그득그득 담겨 있었다.

"어, 이것 봐라!"

저도 모르게 놀랐지만, 그러나 무슨 생각에선지 얼른 흙으로 전처럼 묻어 놓고 부랴부랴 돌아 나왔다.

이런 일이 있고 난 후에 그는 이 일에 관하여 누구에게도 말하지 않았고, 그 후 몇 달이 지났다. 선비는 공부를 마치고 그 백금 항아리를 그대로 둔 채 집으로 돌아왔다. 그런데 그 절의 중이 찾아왔다.

"뜻하지 않은 화재로 절이 모두 타 버렸습니다."

중은 절을 재건하려고 이렇게 부조를 얻으러 다니는 중이었다. 이 말을 들은 김 선비는 문득 회화나무 밑에 묻혀 있는 백금 항아리를 떠올리고,

"나는 가난해 절에서 신세를 많이 졌으면서도 오래도 록 갚지를 못하였소. 그래서 이제 백금 세 항아리를 부조할 생각인데, 어떻겠습니까?"

하고 말했다.

중은 벌린 입을 다물지 못했다. 말할 것도 없이 너무도 엄청난 말이었기 때문이다.

'혹시 농담이 아닐까?'

중은 의심도 들었지만, 차마 그렇게 말할 수도 없어 멍하니 쳐다보기만 했다. 김 선비는 상관 않고 자기가 할 말을 계속했다.

"절 뒤 회화나무 밑에서 일찍이 백금 항아리 세 개를 발견

하여 그대로 묻어둔 일이 있소. 어서 그것을 가지고 절을 다시 짓도록 하오."

중은 반신반의하면서도 절에 돌아와 회화나무 밑을 파 보았다. 파 본 결과 과연 백금 항아리 세 개가 나왔다.

"과연 그분은 천인이구나!"

크게 감동한 중은 그 길로 다시 김 선비를 찾아갔다.

"이 금은 절을 짓고도 남습니다. 바라건대 반을 바치겠으니 받아 주십시오."

그러나 김 선비는 웃으며 머리를 가로저었다.

"내가 돈에 욕심이 있었으면 이미 모두 가졌을 것이지 그대들에게 쓰도록 하였겠소? 어서 모두 가져다가 한 푼도 헛되게 쓰지 말고 전보다 훌륭한 절을 지으시오."

중은 감지덕지하여 어찌할 바를 몰랐다.

"예, 분부대로 하겠습니다."

"다만 절을 짓는 데 소비한 금액은 하나도 빼놓지 않고 낱낱이 적어서 그날그날 나에게 알리도록 하오."

중은 물론 이 말을 거절할 리가 없었다.

이날부터 불타 버린 절의 재건 공사가 거창하게 시작되었다. 절을 지을 때 중들은 소용되는 돈의 금액을 일일이 적어 바쳤다. 따라서 돈은 꼭 쓸 데에만 쓰고, 또 재료는 좋고 값싼 것을 골라 사들였다. 이리하여 100여 칸의 새로운 절이 훌륭하게 세워졌다. 돈은 생각보다 훨씬 덜 들어 아직도 한 항아리 이상이 남아돌았다. 이 남은 돈으로는 다시 좋은 전답을 사들여 불향답(수확한 것으로 불공드리는 데 쓰는 전답)으로 삼았고, 이리하여 산속의 작은 절이었던 그 절은 다른 유서 깊은 큰 절에 못지않게 웅장하고 부유하게 변했다.

김 선비는 그 이듬해 봄, 오래도록 낙방만 해 오던 서울의 큰 과거에 보기 좋게 장원으로 급제했다. 사람들은 김 선비가 절을 재건 해 준 때문에 부처님의 은공을 입었다고 칭송을 마지않았다.

김 선비는 벼슬에 올라간 다음에는 근실하고 청렴한 관원으로 이름을 떨쳤다. 그리고 차츰 큰 고을의 원과 관찰사를 지내며 벼슬이 자꾸만 높아졌다. 김 선비는 처음 벼슬을 할 때부터 받은 나라의 봉록은 그 금액이 많고 적고 간에 모두 일일이 책에 적어 두었다. 또 웬만큼 금액이 높아진 후에는 옛날에 절을 지을 때 적어 두었던 금액과 비교해 보곤 했다. 다시 말해서 애초 절 뒤에서 얻은 백금 항아리 세 개의 액수와 맞춰 보았던 것이다.

이렇게 10여 년이 지났다. 나라에서는 이 김 선비에게 과연 정승의 높은 자리를 주게 되었다. 그런데 재상에 오른 지 얼마 안 되어 김 선비는 갑자기 집안 식구들을 한자리에 모아 놓더니 이런 말을 했다.

"내가 벼슬을 해 온 지도 벌써 오래되었다. 그동안 위로 임금의 보살피심과 아래로 백성의 순종함을 힘입어 큰 실수 없이 오늘에 이르렀다. 이제는 위로 임금 한 분만 모시는 정승 자리마저 하게 되었다. 그러나 나는 원래 뜻하던 바가 이로써 이루어졌기에 오늘로 벼슬에서 물러날 생각이다."

뜻밖의 말이라 가족들은 모두 깜짝 놀랐다. 그러나 다음과 같은 이야기를 듣고 오히려 크게 감동했다.

"이제까지 말을 안 했지만, 나는 아무 해 아무 달 아무 날, 절 뒤에서 수십만 금을 얻었다. 그러나 사람이 까닭 없이 분에 넘는 재물을 얻는 것은 아무리 하늘이 내리는 복일지라도 자칫 큰 재앙의 근원이 되기 쉬운 법이다. 그래서 마침 절의 재건에 쓰게 하고 그 후 나라의 녹을 받을 때마다 그 금액을 낱낱이 적어 두었는데, 이제 꼭 그때 얻은 항아리의 금과 같은 만큼이 되었다. 그래서 하늘의 복과 나의 노력이 일치되었다고 여긴 것이다. 다시 말해서 이제는 내가 원래 지녀야 할 복이 다 찬 셈이니 그 이상 무엇을 더 바라겠느냐."

재상은 그 후 한적한 시골에 들어앉아 여생을 편안히 보냈다고 한다.

돌호박

옛날에 경상도 어느 산골에 어머니와 아들 둘, 세 식구가 살고 있었다. 이들은 살림이 가난해서 어머니가 남의 집에 가서 품을 팔아 겨우 살아가는 처지였다.

그런데 얼마 전부터 어머니가 병으로 앓아눕는 바람에 품팔이조차 할 수 없게 되었다. 그리하여 그들은 양식도 떨어지고 굶게 되었다. 동생은 배고프다고 울고 어머니는 앓으시니 형은 생각다 못해 산 너머 아버지 친구 집에 밥 동냥을 갔다. 그 집에서는 춥다고 형을 사랑으로 들어오라고 하더니만 밥을 먹으라고 주었다. 형은 집에 어머니와 동생이 있으니 가지고 가야겠다고 하니 아버지 친구 되시는 어른이,

"돌아갈 때 안에 이야기해서 밥을 주도록 할 테니 어서 먹거라."

라고 말하기에 배고픈 차에 맛있게 먹었다.

그런데 집으로 가려고 하니 안채에서는 밥이 없다고 했다.

"얘야, 미안하구나. 밥을 다 먹고 없단다. 다른 집으로 가 봐라."

그래서 이 형은 자기가 먹은 밥이 후회스러웠다. 얼른 다른 집으로 가 보았지만, 아무도 밥을 주지 않았다. 집에 있는 어머니와 동생이 걱정되어서 힘없는 발걸음으로 집으로 돌아오는 길에 산마루에 올라섰다.

그런데 참으로 이상하게도 조금 전에 갈 때 보이지 않던 꽤 큼직한 돌호박이 있었다. 아마 밥 두 그릇은 들어갈 정도가 되었다. 그래서 이 형은 그 돌호박에다가 자기가 먹은 밥을 토하려고 입에 손가락을 넣었다. 밥 한 알이 올라와서 호박에 떨어졌다.

그런데 이게 웬일인가? 신기하게도 밥알이 호박에 가득 차는 것이었다. 이 형은 너무나 신기하고 기뻐서 천지신명께 감사를 하고 그 돌호박을 집으로 가지고 왔다. 돌호박 안의 밥은 모두가 먹고도 남았다. 이번에는 쌀을 한 톨 구해다 넣어 보았더니 또 가득 차지를 않겠는가? 그래서 쌀을 퍼내어 장에 가지고 가 팔아서 어머니 약을 지어와 달여 드렸다. 어머니의 병환도 나았다. 그러고는 쌀을 부지런히 퍼내어 팔았다.

그러다가 한 번은 돈 한 냥을 넣어 보았다. 또 하나 가득 차는 것이었다. 이제 이 집은 아주 부자가 되었다. 집도 크게 잘 짓고 가구도 새것을 들여놓고 옷도 비단옷을 해 입었다.

세월이 흘렀다. 형도 커서 장가를 가고 아우도 장가를 갔다. 그리하여 동생에게 살림을 내 주어야 했다. 그런데 이 돌호박이 말썽이 되었다. 형은 자기가 주운 것이니 자기가 갖겠다고 하고 아우는 형이 있는 살림을 그냥 갖고 새살림을 나는 자기가 돌호박을 가져야 한다고 주장했다. 그리하여 서로 다투다가 한 가지 의견을 내놓았다.

"우리가 이렇게 싸울 것이 아니라 이 돌호박을 저 높은 산에 가지고 가서 산꼭대기에서 굴린 다음 먼저 찾아내는 사람이 갖기로 하자."

그래서 두 형제는 그 돌호박을 가지고 산꼭대기로 올라갔다. 그리고는 돌호박을 굴렸다. 굴려 놓고는 둘이 같이 찾으러 산속으로 내려갔다. 하루 종일 찾았지만, 날이 어두워지도록 아무도 찾지를 못했다. 그다음 날 또 그다음 날도 찾았지만 못 찾았다. 그리하여 그 돌호박은 영원히 못 찾고 잃어버렸다. 그래서 두 형제는 할 수 없이 있는 살림을 나누어서 그냥 살았다고 한다.

또두락 구鳩

정식으로 과거에 급제해 친구들에게 주연을 베풀고 급제 자랑을 해 보는 것이 평생의 소원인 박 생원이라는 시골 선비가 있었다. 형편이 좋고 달리 아쉬운 것이 없었으므로 오직 그것만이 유일한 희망이었다. 그러나 열 번쯤 과거를 치러 전부 낙방하고 말았고, 그렇게 번번이 떨어지다 보니 가지고 있던 재산을 모두 탕진하여 이제 다시 과거를 치를 만한 여유조차 없는 지경에 이르게 되었다. 그런데 마지막이라 생각하고 치른 이번 과거에서 또 낙방하고 나니 허무하여 집으로 돌아갈 생각이 나지 않았다. 상갓집 강아지처럼 이리저리 방황하다 남산골에 닿은 박 생원은 주막에서 하룻밤 묵어가기로 작정하고 주모를 불러 부탁했다.

"청이 하나 있소."

"무슨 일인데요?"

"오늘 저녁 다른 손님은 받지 말고 물 한 동이와 빈 상을 하나, 그리고 잔 한 개, 수저 한 벌을 준비해 주오."

"그러시지요."

갸우뚱거리며 주모가 상을 차려 주고 나서 밤이 이슥해지자, 박 생원은 혼자 상 앞에 의젓하게 앉아 중얼거렸다.

"김 생원, 어서 오게. 윤 생원, 자네도 왔는가?"

혼자 묻고는 혼자 답하기를,

"한 잔 드시지요, 박 생원. 과거 급제 경하드립니다."
하며 과거에 급제해 고향에 돌아가 주연을 베풀고 여러 친구와 술을 마시며 축하받는 흉내를 내었다.

때는 조선시대의 태평성대였던 숙종 17년, 숙종은 백성들이 과연 백성들을 살피기 위해 남몰래 암행을 나오고는 했는데 그날도 이리저리 다니다 바로 박 생원이 선비가 묵고 있는 주막 근처를 지나게 되었다. 깊은 밤 유독 그 주막에만 불이 밝혀져 있고, 창문 너머 이상한 중얼거림이 흘러나오자 무슨 소린가 엿듣는데,

"어이, 이 생원 이제 오는가. 자네도 들어와 한 잔 드시게."
하는 소리에 호기심이 동한 숙종이 태연히 문을 열고 들어가 보니 웬 선비 혼자서 상을 앞에 하고 물잔을 기울이다 말고 물끄러미 바라보며 맞이하였다.

"밤이 깊은데 뉘시오?"

"지나가는 나그네인데 잠시 쉬려고 들렀소이다."

숙종이 자신의 신분을 숨기고 인사를 건네자, 박 생원이 자기소개를 했다.

"나는 시골 사는 박 생원이라 하오만…?"

"서울 사는 이 생원이오."

그렇게 마주 앉아 이런저런 이야기를 나누면서 박 생원의 평생소원이 정식으로 과거에 급제해 친구들에게 주연을 베풀고 술 한 잔 나누는 것인데, 과거에 낙방해 이렇게 넋두리하고 있다는 것을 알고 숙종은 고개를 끄덕였다. 실의에 빠진 박 생원을 가만히 보니 글공부깨나 한 것 같고 인물 됨됨이도 쓸 만한 듯한데, 과거에 열 번이나 떨어진 이유가 궁금하고 한편으로 측은하기도 했다. 해서,

"박 생원. 내일 임시 과거가 있다던데 마지막으로 한 번 더 응시해 보시지요. 이번 시험은 조그만 글자를 한 자를 깃발에 적어 대나무 장대에 달아 놓고 그 글자가 무슨 글자인가 알아맞히는 것이라 합디다. 그것이… 비둘기 구(鳩) 자라 하지요?"

라며 자리에서 일어섰다.

반신반의한 박 생원이 지푸라기를 잡는 심정으로 밤새도록 '비둘기 구, 비둘기 구, 비둘기 구'를 중얼거리다 아침녘

에 과장엘 나가 보니 먼저 온 사람들이 집 우(宇)라느니, 갈 지(之)라느니 하며 문제를 풀어 보려고 달라붙었다가 낭패를 보는 중이었다.

마침내 박 생원 차례가 왔는데, 운이 없는 놈은 할 수 없는지 밤새 외웠던 비둘기 구 자는 까맣게 잊어버리고, 구 자는 구 자인데 도대체 무슨 구 자인지 생각이 나지를 않는 것이었다. 과장 높은 자리에 앉아 있던 숙종이 그 모습을 보며 안타까운 생각에 안절부절못하는데, 그 표정을 살핀 시험관이 담뱃대를 들고 있다가 딱딱 두드리면서 속히 대답하라고 재촉하니 박 생원은 엉겁결에,

"또두락 구 자입니다."

라고 대답하고 말았다.

"낙방!"

시험관의 판결과 함께 박 생원 머릿속에 순간적으로 '비둘기 구' 자가 생각났고, 박 생원은 '나는 참 과거에 운이 없는 놈이구나' 생각하면서 힘없이 과장을 되돌아 나오지 않을 수 없었다.

그렇게 발길을 돌려 나오고 있을 때 멀리서 젊은 선비 하나가 헐레벌떡 달려왔다. 과장으로 가는 것 같았다. 박 생원이 젊은 선비를 불러세웠다.

"여보, 날 좀 보고 가시오."

"과장에 가는 길이라 시간이 없는데 무슨 일인지요?"

"이를 말이 있소. 사실 어젯밤 어떤 양반이 시험 문제의 답을 알려 주었는데, 시험장에서는 생각이 나지 않아 또두락 구 자라 하여 낙방했소만, 지금 생각해 보면 그 답이 비둘기 구 자인 것 같소. 아니, 비둘기 구 자가 분명하니 그리 대답하면 반드시 합격할 것이오."

아쉬운 마음에 박 생원은 생전 보도 못 한 젊은이에게 답을 알려 주었다. 박 생원 말에 젊은 선비는 몹시 기뻐하면서,

"그런 일이 있습니까? 그렇다면 잠시 기다리고 계십시오."

라고 당부하고 과장으로 달려가 시험관에게 비둘기 구 자라고 대답해 급제를 거머쥐었다.

그런데, 젊은 선비는 문제에 답하면서 한마디 덧붙였다.

"저 글자는 서울 사투리로 말하면 비둘기 구 자요, 시골 사투리로 말하면 또두락 구 자입니다."

그 말을 들은 숙종이 시험관에게 말했다.

"여봐라. 아까 또두락 구 자라고 대답한 사람이 서울 사람이냐, 시골 사람이냐?"

시험관들이 명부를 들춰 보니 또두락 구 자라고 대답한 사람은 시골 사람이었다.

"시골 사투리로 또두락 구 자면 아까 그 선비 대답도 맞은 것이 아니냐?"

그러면서 비둘기 구 자를 또두락 구 자라고 대답한 박 생원도 젊은 선비와 함께 급제시키도록 했다. 그렇게, 숙종의 배려와 젊은 선비의 기지에 힘입어 박 생원도 마침내 평생소원을 풀고 고향에 돌아가 친구들에게 이번에는 진짜로 주연을 베풀 수 있었다.

무수옹 無愁翁

조선 21대 임금 영조가 하루는 신하들 앞에서,

"나라 안에서 아무런 근심 걱정도 없는 사람을 한번 만나고 싶다."

하고 말했다.

나라를 다스리자면 하루라도 근심 걱정을 안 할 수 없다. 그래서 아마 마음 편한 사람을 퍽 보고 싶었던 모양이다. 이리하여 다음날 근심 없는 사람 한 사람이 불려 들어왔다. 나이가 70살이라는데 정말로 근심이 하나도 없는지 낯빛이 환하고 몸이 꼿꼿했다. 영조에게 고한 노인의 말에 의하면, 지금까지 감기 한 번 걸린 일이 없고, 세 아들 역시 모두 쇠처럼 튼튼하다는 것이었다. 그리고 남이 부러워할 만큼 복되게 생활하여 주위 사람들에게 '무수옹'이라는 별명을 듣는다고

도 했다. 무수옹이라는 것은 '근심이 없는 할아버지'란 뜻이거니와, 근심이 없으니 오래 편히 산다는 뜻도 곁들여 있는 말이다. 영조는 무수옹을 몹시 부러워하고 그에게 상을 후히 내렸다. 그런 후 무슨 생각에서인지,

"내 이제 구슬을 하나 줄 터이니 얼마 후 다시 올 때 꼭 돌려주오."

하고, 좋은 옥으로 된 구슬 한 개를 내주었다. 이를테면 아주 준 게 아니라 다음에 올 때까지 잠깐 맡긴 것이다. 곰곰이 생각하면 좀 이상한 이야기다. 그러나 무수옹은 감지덕지 대궐을 물러 나왔다. 남대문을 지나 한강에서 나룻배로 건너갈 때다. 마침 어떤 점잖은 선비가 같은 배에 타고 있다가 무수옹에게 말을 걸었다.

"상감께서 무슨 귀한 선물을 내리십디까?"

"예, 여러 가지 상을 많이 내리시고 또 이렇게 귀한 보배를 잠시 갖고 있으라 하셨소."

무수옹은 기분이 사뭇 좋아서 손에 쥐고 있던 구슬을 자랑해 보였다.

"호, 그렇게 귀한 것이면 어디 한 번 만져 보기나 합시다."

선비는 구슬을 손에 받아 이모저모 살펴보았다. 그러다가 아차 하는 순간 구슬을 강물 속에 풍덩 떨어뜨렸다. 무수옹은 물론이거니와 그 선비는 낯빛이 변해,

"이거, 큰일을 저질렀구려. 어떡하면 좋겠소."
하고 보기에도 딱할 만큼 쩔쩔맸다. 임금이 아주 준 게 아니라 잠시 맡긴 것이다. 그러니 후에 무슨 벌이 내릴까 봐서 겁이 안 날 수 없는 일이다. 그러나 무수옹은 얼른 태연한 낯빛이 되었다. 그리고,

"이미 저지른 일을 근심하면 무엇 하겠소. 염려 말고 어서 길이나 가 보시오."
하고 오히려 선비를 위로했다.

무수옹은 집에 돌아와서도 역시 태연했다. 온 식구가 마냥 애를 태웠지만 무수옹은 조금도 마음에 두지 않았다. 이날도 여느 때처럼 잘 먹고 잘 잤다. 다음 날 이른 아침 큰아들이 강가에 나갔다가 물고기 한 마리를 사 가지고 돌아왔다. 보기 드물게 크고 육중한 물고기였다. 아들은 이것을 부친에게 고아 드리라고 모친에게 말했다. 그런데 천만뜻밖의 일이 생겼다. 모친이 손수 식칼로 배를 가르자 거기서 잃어버린 구슬이 곱게 나왔던 것이다. 온 집안이 놀라움과 기쁨으로 떠들썩했다. 그러자 바로 임금께서 부르신다는 전갈이 왔다.

영조는 서슴지 않고 들어온 무수옹을 보고 놀라는 표정을 지었다.

"그 구슬을 가지고 왔소?"

조용히, 그러나 의심쩍게 물었다. 무수옹은 주저하지 않고

구슬을 바쳤다. 영조가 더욱 의아스럽게 바라보자, 무수옹은 구슬을 잃었다 찾은 일을 솔직하게 고했다. 그 말을 들은 영조는 고개를 커다랗게 끄덕였다. 그리고,

"참으로 복이란 따로 있는가 보다. 그렇더라도 사람이 어찌 한 가지 근심도 없겠느냐? 다만 근심을 일삼지 않는 점이 다를 뿐이다."

하고 이날도 상을 후히 주어 보냈다. 무수옹을 시험할 생각으로 구슬을 강에 빠뜨리게 시킨 사람이 바로 영조였다는 사실은 뒷날에야 알려졌다.

물 건너는 중

"스님, 스님!"

산골 큰 절의 상좌가 바깥에서 뛰어 들어오며 숨찬 목소리로 스님을 불렀다.

"까치가요, 절 문밖 큰 대추나무에다 집을 짓는데 웬 옥비녀를 갖다 끼워요."

스님이 상좌 말을 듣고 이상히 여겨 나가 보니 상좌가 대추나무 위의 까치에게 옥비녀를 내달라고 구슬리고 있었다.

스님은 까치집을 한참 쳐다본 후 신과 버선을 벗어 놓은 다음 손에 침을 바르고 대추나무 위로 올라가기 시작했다. 이 가지 저 가지를 바꿔 디디며 까치집까지 도달하자 상좌가 절이 떠나갈 듯 소리쳤다.

"저것 보세요! 우리 스님이 까치 새끼를 꺼내 생으로 뜯어 잡수십니다!"

소리를 듣고 절 안 중들이 일제히 달려왔고 대추나무 위에 있던 스님이 당황하여 급히 내려오다가 가시에 온몸이 찢겨 피투성이가 되었다. 스님은 아픈 것을 잊고 다른 중들에게 변명한 후 분함을 못 참아 상좌를 끌고 들어가 실컷 때려 주었다.

그러나 이 상좌는 원래 장난을 잘했으므로 또 골려 줄 방법을 생각했고, 이번엔 장난을 치고도 책망받지 않으려고 신중하게 계획을 짰다.

때는 가을이었다. 어느 날 상좌가 절 아래에 있는 동네에서 돌아와 스님 곁에 앉으며 은근히 말을 꺼냈다.

"저 아랫마을 주막집에 젊은 과부가 하나 살지요."

"그래."

"소생이 그 집을 지나치는데 과부가 불러서 무슨 일인가 하고 갔더니 절 근처 그 많은 감나무에 열린 감을 스님 혼자만 잡숫느냐고 묻더군요."

"그래서?"

"그래 대답하길 스님이 그럴 리가 있나요. 스님도 잡수시고 다른 사람도 나눠 줍니다, 하였지요."

"그래서?"

"그랬더니 과부 말이 스님께 여쭙고 좀 얻어 달라고 합니다.”

“그래? 그럼 먹을 만큼 따다 주려무나.”

스님 말에 상좌는 만족한 듯이 좋은 감을 골라 따 마을로 내려갔다.

과부는 천하 미인이라 은근히 탐을 내지 않는 사람이 없었다. 스님도 그 과부를 은근히 마음에 두고 있었다.

‘그 여자는 겉모양은 꽃 같으나 속은 얼음과 같이 찬 천하 미인이다. 감히 말을 걸어본 사람도, 말소리를 들어 본 사람도 없는데 감 맛을 보자는 것은 나와 통하자는 것이 아닐까? 그렇다면 감은 나에게 고마운 과일이다.’

스님은 속으로 중얼거리며 마음을 졸였다.

그런 생각을 하고 있을 때 마을에 다녀온 상좌가 웃으며 들어왔다.

“스님, 감을 갖다주었더니 어찌나 좋아하는지 모르겠어요. 그런데 그 과부가 또 하는 말이 있어요.”

“무슨 말인데?”

“저 불당의 옥병은 스님이 혼자 잡숫느냐고 물어요.”

“그래서?”

“모두 나눠 먹는다고 했어요.”

“대답 잘했다.”

“그랬더니 스님께 여쭙고 그것을 좀 갖다 달라는데 어쩌지요?”

스님이 냉큼 허락했고, 상좌는 바쁘게 불당으로 들어갔다. 그러고는 불상 앞에 고이 놓은 옥병을 전부 거두어 마을로 내려갔다.

스님이 또 과부를 생각하며 상좌가 돌아오기를 고대하는데, 저편에서 상좌가 스님을 부르며 절 뒤로 뛰어갔다. 초조했던 스님이 뒤를 쫓아가니 상좌가 뒷간으로 들어갔다. 닭 쫓던 개가 지붕을 쳐다보듯 걸음을 멈추고 상좌가 나올 때만 기다렸다.

이윽고 상좌가 나오며 큰일이라도 한 듯 중얼거렸다.

“아이고, 똥 쌀 뻔했네!”

그 말에 스님이 어찌 된 일이냐고 물었더니 상좌는 기색을 살피며 왜 여길 오셨느냐고 딴청을 피웠다.

“네가 뛰어오길래 영문도 모르고 왔지.”

“소생은 여기까지 올라오시란 게 아니라 말씀을 전하려다 뒤가 급해서 뛰었습니다.”

“그러면 말이나 하고 오지. 대관절 과부가 뭐라고 하더냐?”

“아이고, 과부 말씀 하지도 마세요. 갔다가 맞아 죽을 뻔했어요.”

“무슨 말인지 어서 해 봐라.”

답답한 스님이 독촉했다.

"병을 갖다 놓고 막 스님 얘기를 하려는데 과부 아버지가 술에 취해 작대기로 때리며 대체 어떤 중놈이 고약한 짓을 하려고 이곳에 왔느냐고 하잖아요."

"그럼, 아무 말도 들을 겨를이 없었겠구나."

"얻어맞고 뒤꼍으로 뛰어오는데 과부가 쫓아오며 이틀 후에 오라고 했습니다만, 다시는 못 가겠습니다. 맞아 죽으라고요?"

스님은 후일에 다시 오란 말에 정신이 번쩍 나서 상좌를 자기 방으로 데리고 들어가 돈을 줘 달래며 호감을 사느라고 애썼다. 그렇게 큰돈을 얻은 상좌는 마을에 내려가 실컷 놀다 돌아와 스님을 가만히 불렀다.

"스님, 과부가 말하길 스님께 신세를 많이 졌다고 하면서 조용한 곳에서 만나자고 해요."

스님은 너무 기뻐 한참 생각하다가 물었다.

"어느 날 어디서 만나자고 하더냐?"

"모레 저녁에 스님더러 자리를 정하라고 하던데요."

그리하여 절 뒷방에다 장소를 정했고, 상좌는 마을로 내려가 과부에게 청했다.

"소인이 본래 가슴앓이가 있는데 의원에게 보이니 아낙네의 신짝을 따뜻하게 해서 대면 낫는다기에 헌 신짝을 얻으러 왔습니다."

상좌가 인상을 잔뜩 찌푸리자, 딱한 듯이 과부가 고개를 끄덕였다.

"내버릴 신짝은 없고 지금 신는 걸 줄 테니 어서 나오세요."

그렇게 과부의 신발을 얻은 상좌가 신을 들고 돌아왔을 때 방 안에서 스님이 중얼거리는 소리가 들렸다.

"과부가 온다. 미인 과부가 온다. 저 과일을 내가 권하면 그녀가 나에게도 권하고, 후에는 인사도 하고 내 요구도 들어줄 테지."

그 말에 상좌가 문을 벌컥 열고 소리쳤다.

"다 틀렸소. 다 틀렸어."

스님이 영문을 몰라 하자 상좌가 말했다.

"과부가 방문 앞까지 왔다가 스님 중얼거리는 소리를 듣고 여러 사람이 논다며 단단히 노해서 돌아가는 것을 붙잡지 못하고 신짝만 주워 가지고 왔어요."

상좌는 신짝을 내보이며 스님을 원망했다.

"다 잘된 일이 틀린 것은 모두 스님의 탓입니다."

상좌 말에 스님은 큰 실수나 한 듯이 상좌 앞으로 얼굴을 내밀었다.

"옳다. 요놈의 주둥아리가 죄다. 몽둥이로 때려라."

그 말에 상좌가 재빨리 옆에 있는 목침으로 갈기니 스님의 이빨이 몽땅 빠졌다.

그렇게 스님을 속인 상좌는 앞으로도 계속해서 스님을 속일 궁리를 했다. 어느 날 스님에게 말했다.

"아랫마을 과부가 말씀 좀 전해 달라고 해요. 지난번에 왔다가 스님이 혼자 말씀하신 것인 줄 모르고 그냥 간 것이 미안하다고 하면서 다시 뵙도록 해달라고 하네요."

"어떻게 만나자고 하든?"

상좌 말에 스님이 바싹 다가앉았다. 상좌는 큰일이라도 한 듯 빼기면서 말했다.

"이번에는 자기가 조용한 '예쁜이네'로 처소를 정했으니 이 약을 잡수시고 오시래요. 이 약은 왕성해지는 약이래요."

스님이 냉큼 약을 받아먹고 약속 장소로 달려가 일 초가 새롭게 고대하며 기다리는데, 이상하게 배가 꿈틀거리더니 설사가 날 듯했다. 참다못해 무릎을 꿇고 발뒤꿈치로 변구를 괴고 있는데, 과부가 문을 열고 들어오다가,

"사람이 들어오는데 괴이하게 앉아서 일어나지도 않아."

하며 스님을 두 손으로 떼밀었다.

뒤로 나자빠진 스님은 똥을 뿌직 싸고 고개도 못 든 채 기어 나왔다. 이 설사는 상좌의 흉계였다. 상좌가 준 것은 약이 아니라 날콩가루였고, 물과 마시면 당장 설사가 나는 것이

었다. 그런 줄도 모르고 스님은 겨우 자기 방으로 들어와 주먹으로 자기의 배를 때리며 자책했다.

"이놈의 배, 이놈의 배……."

이를 지켜보며 중들은 견딜 수 없는 냄새가 났지만 유구무언이었다. 이 스님처럼 자기의 양심에 어긋나는 욕심을 억지로 채우려다 가는 곳마다 봉변당하는 것을 가리켜 '물 건너는 중'이라고 부른다.

민 감사와 그의 매제

충청감사 민정중은 성품이 강직하여 스스로 법을 지키는 본보기가 되었다. 따라서 일단 백성에게 펴낸 법은 어떠한 일이 있어도 굽히지 않았다.

어느 해던가, 민 감사는 도내에서 소를 잡지 못하도록 명령했다. 이리하여 그 해는 감사를 비롯한 도내의 백성들이 고기를 입에 댈 수 없었다. 이렇게 해놓고 민 감사는 그 영이 잘 시행되나 가끔 직접 살피러 다녔다.

어느 날 충주 고을을 두루 다니다가 마침 읍에 사는 매제 정보인의 집에 찾아들었다. 그런데 정보인은 원래 소탈하고 쾌활한 성품인 데다가 오랜만에 만난 처남을 대접할 생각으로 집에서 기르던 송아지를 잡아 찬을 만들어 내왔다.

"형께서 오래도록 육미를 모르신다기에 일부러 소를 잡았소."

정보인의 말을 들은 민 감사는 낯빛이 홱 변해 호통쳤다.

"내가 스스로 내린 영을 어기지 못하거니와 그대 또한 도민의 신분으로 법을 어기다니, 이럴 수가 있는가!"

그뿐이 아니라 휙 하니 대문 밖으로 나가면서 데리고 온 관속에게 엄하게 명령했다.

"곧 이 댁의 하인을 잡아 내오너라."

관속은 하는 수 없이 안에 들어와서 정보인을 만나 말했다.

"부득이 소를 잡은 하인을 데려가서 다스려야 하겠습니다."

그러나 정보인은 조금도 동하지 않았다.

"내 집에는 하인이 없고 다만 두 내외가 살고 있다. 그러나 사또의 영이라니 어길 수 없구나."

이렇게 말한 후 안에 들어가 부인에게 부탁했다.

"이러저러한 일로 사태가 만부득이 하니, 부인이 한 번 대신 가 주어야 되겠소."

부인은 그의 말을 듣고는 얼굴에 치마를 둘러쓴 후 점잖게 밖으로 나왔다. 이 모양을 본 관속은 눈이 휘둥그레졌다. 처음에는 누군지 몰랐다가 정보인이,

"소는 내가 잡았으나 실제 음식은 내자가 만들었으니 자, 어서 잡아다가 죄를 다스려라."

하고 또렷이, 그러면서도 점잖게 말하니 관속은 그만 기겁했다. 설마한들 감사의 누이동생을 잡아갈 수가 없었기 때문이다. 해서 관속은 앞서가는 민 감사를 좇아갔다. 그리고 숨을 헐떡이며 사실대로 고했다.

관속의 말을 듣고 이번에는 민 감사가 대경실색하여 교자에서 내리기가 바쁘게 정보인의 집으로 달려갔다. 그러고는 대문을 들어서자 바로 매제 정보인과 누이를 다시 방으로 들여앉힌 다음,

"아마도 내가 너무 심한 영을 내린 것 같네. 그대들의 말없는 충고를 고맙게 받겠네."

하고 사과와 사례를 아울러 했다.

이후 민 감사는 소를 함부로 잡지 않는 한 벌을 주지 않게 되었다. 민 감사가 법을 너무 고지식하게 지키려 했다는 이야기이거니와, 그것보다는 정보인의 소탈한 기개가 여기서는 더 인상 깊게 느껴진다.

사명당과 불상 족자

이조 선조 임금 시절의 어느 해 사명당 유정이 한 늙은 중을 데리고 경상도 팔공산 동화사에 찾아들었다. 원래 사명당은 해인사 팔만대장경 1질을 인쇄하여 그 절 '무열전'이라는 법당에 두게 되었다. 그리고 이번에는 두 번째 일로 큰 비단 폭에다 훌륭한 불상을 그리기로 한 것이다. 그런데 이 늙은 중의 요구가 보통이 아니었다.

"불상 그림은 90일 안에 그리겠소. 그러나 불전 안에 숨어서 그려야 하니, 틈이란 틈은 모두 발라 막아서 아무도 엿보지 못하도록 해 주오. 그리고 하루 한 번씩 밥을 들이미는 구멍을 만들되, 이때도 역시 절대로 안을 들여다보지 못하게 해야 하오."

사명당은 이 요구를 쾌히 승낙했다. 그리고 중의 말대로 엄하게 단속하여 아무도 영을 어기지 못하도록 했다.

이런 일이 있은 지 얼마 안 되어 갑자기 임진왜란이 일어나 사명당은 손수 승병을 이끌고 왜적과 싸우러 가게 되었다. 따라서 불당을 감시하는 일은 다른 중에게 맡길 수밖에 없었다.

"내가 없는 동안에도 절대로 그 불전 안을 엿보지 않게 하오."
하고 사명당은 신신당부했다.

이 말을 다른 중도 어기지 못했는지 그 후도 늙은 중이 불상을 그리는 동안 아무 탈은 없었다. 그런데 그림을 그리기 시작한 지 꼭 89일째 되는 날, 그러니까 내일이면 기한이 차는 날 그만 큰 변고가 생기고 말았다. 어느 어리석은 중이 밥을 날라 왔다가,

"이제 하루밖에 남지 않았으니 아마 거의 다 되었을걸."
하면서 불전 안을 가만히 들여다본 것이다. 그러자 갑자기 늙은 중이 붓과 물감 그릇을 팽개치면서 벌떡 일어섰다. 그리고는,

"아, 아깝구나. 10년 공이 하루아침에 무너졌다!"
하더니, 곧이어 잠겼던 문을 박차듯이 열고 나와 어디론지 모습을 감추어 버렸다. 당장에 큰 소란이 일어났다. 모두 불전 문을 열고 우르르 들어가 보니 훌륭하게 그려진 불상은

한쪽 발목 아래가 덜 그려진 채 펼쳐져 있었다.

그 후 이 불상의 발은 다른 화공에 의하여 채워 그려지고 그런대로 더없이 존귀한 불상 족자로서 동화사 불당에 걸어 놓게 되었는데, 얼마 안 되어 왜적들은 동화사를 불사르고, 하필이면 그 불 상 족자를 자기들 나라까지 가지고 달아났다. 말하자면 나라의 귀중한 보배를 왜적에게 도둑맞은 것이다. 이 일을 안 사명당은 원통히 여겨 발을 구르며 단단히 결심했다.

"언제든 내 손으로 반드시 찾아야 한다!"

마침 좋은 기회가 왔다. 임진왜란에 이어 정유재란에서 왜군이 또다시 크게 패해 달아났을 때 일본에 문죄사(잘못을 다스리러 가는 사절)를 보내게 되었는데,

"왜적의 사죄를 받고 그들의 형편을 살필 겸 잃었던 보배도 찾아오겠습니다."

하고 임무를 자청했고, 임금과 여러 대신도 사명당이 가장 적당하다고 생각하여 사신으로 보내기로 했다.

이때 사명당이 말한 나라의 보배 중의 하나가 바로 동학사의 불상 족자였다. 사명당은 승병 대장으로서 늠름한 무장의 모습으로 머나먼 일본으로 떠났고, 무사히 일본 땅을 밟게 되었다.

임진왜란과 정유재란에서 사명당의 이름만 듣고도 달아

났던 왜적들은 막상 사명당을 본국에서 맞이하자 또 한 번 그 위엄에 눌렸다. 다만, 그중에서 용맹한 장수 카토오 키요마사는,

"오늘부터 조선을 버리고 우리와 함께 일하며 복되게 삽시다."

하고 은근히 항복을 권유했다.

말이 떨어지기가 무섭게 사명당은 눈을 부릅뜨며 크게 꾸짖었다.

"임금의 명을 받들고 온 이웃 나라 사신에게 항복을 권하다니! 예의를 모르는 오랑캐들이로다. 더구나 나는 너희 죄를 다스리러 온 터인데, 싸움에 진 나라에 어찌 항복하겠느냐!"

뻔뻔한 왜적들도 이 말에는 낯이 화끈할 만큼 부끄러워졌다. 그러다가 창피 끝에 노여움을 숨길 수 없었는지 카토오 키요마사는,

"여봐라, 이놈을 당장 숯불로 태워 죽여라!"

하고 발을 동동 굴렀다.

마당 한가운데에 숯 섬이 쌓이고 불이 이내 시뻘겋게 달아올랐다. 힘센 장수들이 우르르 몰려와 사명당을 결박 짓더니 숯불 가운데로 떠밀어 넣었다. 그동안 사명당은 태연한 낯으로 몸을 맡기듯 이 하다가 숯불 한중간에 눈을 감은 채 장승

처럼 우뚝 섰다. 순간 맑게 갠 하늘에서 난데없는 빗줄기가 쏟아졌다. 그리고 삽시에 꺼져버린 숯불 더미 속에서 사명당의 웃음소리가 천둥처럼 울려 퍼졌다.

그 광경에 왜적들은 간이 으스러지도록 기겁했다. 사명당을 생불로 여긴 카토오 키요마사가 깜짝 놀라 쭈르르 뜰로 내려왔다.

"죄송합니다. 자, 어서 오르십시오."

사명당에게 정중히 사과한 다음 다시 윗자리에 모시고 머리를 숙였다.

이후 카토오 키요마사는 사명당에게 금으로 장식된 으리으리한 가마를 한 채 마련해 주고, 심지어 뒤를 보러 갈 때도 가마로 모셨다. 그리고 어느 날, 사명당에게 이렇게 했다.

"귀국에는 보배가 많다고 하는데 대체 어떤 것들인지 들려주십시오."

그 말에 사명당이 카토오 키요마사의 얼굴을 무섭게 흘겨보았다.

"예부터 우리나라는 이루 헤아릴 수 없이 많은 보배를 가지고 있다. 그러나 지금은 너의 머리가 누구나 얻고 싶어 하는 보배다!"

카토오 키요마사는 낯이 새파랗게 질려서 펄쩍 뛰었다.

"뭐라고?"

"너의 목을 바치는 사람에게 1천 냥의 황금과 1만 호의 땅을 상으로 주게 되었다는 말이다."

본래 성미가 급한 카토오 키요마사가 벌떡 일어나며 어느새 큰 칼을 쑥 뽑아 들었다.

"괘씸한 놈! 그럼, 네 목부터 이 자리에서 바쳐라!"

그러나 사명당은 털끝 하나 끄떡 안 했다.

"하하하하!"

사명당의 호탕한 웃음에 카토오 키요마사는 또 무엇을 느꼈는지 번쩍 쳐들었던 칼을 던지고 땅에 엎드렸다.

"아, 참으로 탄복하였소! 대사 앞에서는 내가 한낱 용렬한 졸개 같소."

이 말만은 거짓이 아니었던 모양이다. 사명당이 그곳에 머무는 동안 카토오 키요마사는 온갖 성의를 베풀어 존경하는 마음을 표시했다.

이런 일이 있고 난 후 사명당은 당시 왜국의 정권을 잡았던 장군을 만났는데, 그 역시 사명당을 두려움에 가까운 존경심으로 대하며 사명당이 요구하는 일은 다 들어 주었다. 그는,

"공적인 일은 모두 대사의 뜻대로 되었으니, 다음은 사사로운 일로 나에게 청할 것이 있으면 사양 말고 말하오."
하고 진심으로 물었다.

"사사로운 일은 아니지만 그대들이 훔쳐 온 불상 족자를 내어 주오."

사명당은 서슴지 않고 말했다.

이렇게 해서 도로 찾아온 불상 족자는 다시 동화사에 걸리게 되었는데, 그 후 수해, 한발, 질병 따위가 생겼을 때 불공을 드리면 영험이 있었다고 전해진다.

사명당과 서산대사

사명당과 서산대사가 서로 알지 못하고 있었을 때다. 묘향산에 머물던 사명당은 신술(神術)로 자기가 조선에서 제일이라고 자처하고 있었다. 그런데, 금상산 장안사에 서산대사라는 분이 있어 자기보다 낫다는 소문을 듣고 그를 눌러 제자로 삼겠다며 장안사를 향해 길을 떠났다.

서산대사는 미리 이 일을 알고 있었으므로 어느 날 자기 제자 한 사람을 불러 일렀다.

"오늘 묘향산 절에서 손님이 올 것이니 마중을 나가 주게."

그러자 제자가 당황하여 물었다.

"한 번도 만나 보지 못한 제가 마중을 나간들 어떻게 알겠습니까?"

"그 사람은 시냇물을 거슬러 올라가게 하면서 올 것이니 곧 알 수 있을 것이다."

서산대사의 말에 제자는 고개를 갸우뚱거리며 시냇물을 따라서 길마중을 나갔다. 그런데 한 십 마장쯤 왔을까? 문득 시냇물이 거슬러 올라가는 것을 보았고, 뒤이어 한 중의 모습이 눈에 들어왔다. 그는 그가 묘향산에서 오는 손님인 줄 알아채고 사명당 앞으로 갔다.

"장안사에서 마중을 나왔습니다."

그 말을 들은 사명당은 깜짝 놀랐으나 그런 기색은 조금도 드러내지 않고,

"수고를 끼쳐 미안하오."

하며 오히려 마중 나올 줄 알고 있었다는 듯 태연히 말을 받았다.

이윽고 장안사에 이르러 서산대사를 보자 사명당은 먼저 날아가는 참새 한 마리를 손아귀에 꼭 쥐고,

"이 참새는 죽겠는가? 살겠는가?"

하고 물었다. 그때 마침 서산대사는 사명당을 맞아들이고자 방 밖으로 한 짝 발을 내딛던 때였으므로 사명당에게 반문했다.

"내가 지금 나가겠는가? 들어가겠는가?"

그러자 사명당은 웃으면서 비로소 첫 대면 인사를 했다.

자리에 앉은 서산대사가 그릇에 물을 떠가지고 와서 그 속에서 큰생선 몇 마리를 사명당 앞에 내놓고,

"우리들은 중이므로 생선을 먹지는 못하나, 먹고 산 채로 그대로 내놓으면 아무 상관이 없을게요."

하고는 그 생선을 먹기 시작했다. 그런 다음 조금 있다가 생선을 토해 다시 물에 띄워 뛰놀게 했다. 그러자 사명당도 지지 않겠다고 토하기는 토했으나 그가 토한 생선은 살지 못했다. 이어 서산대사가 달걀을 쌓기 시작했는데, 사명당은 땅 위에서부터 쌓기 시작하였으나 대사는 공중에서 차차 쌓아 내려오기 시작했다. 그리고 점심때가 되어서는,

"맛없는 국수나 많이 잡수시오."

하고 사발에다가 바늘을 가득히 담아 가지고 사명당 앞에 내놓고는 맛있게 먹었다. 그러나 사명당은 먹을 수가 없었다.

이리하여 자신을 뽐내던 사명당은 조선 제일의 신술 지위를 서산대사에게 넘기고 그날로 제자가 되었다고 한다.

산돼지를 구해준 머슴

한 마을에 마음씨 착한 머슴과 지독한 주인이 있었다. 정월 명절을 맞이했는데도 주인은 조반도 먹이지 않고 머슴에게 나무를 해 오라고 했다. 해서 머슴이 산으로 올라가 나무 한 짐을 했는데, 어디선가 산돼지가 한 마리가 달려오더니 살려 달라고 했다. 머슴은 가엾은 마음에 산 돼지를 나뭇단 속에 감춰 놓고는 아무 일도 없었던 듯 나무를 계속고, 얼마 후 포수가 뛰어오더니 산돼지를 못 봤느냐고 물었다.

"저리로 가던걸요."

나무꾼은 사냥꾼에게 전혀 다른 곳을 가리켰다.

사냥꾼이 그 자리를 떠난 후 산돼지는 나뭇단에서 나와 은혜에 보답하겠다며 주인에게 나무를 지어다 주고 오라고 했다. 머슴은 나무를 지고 내려와 주인에게 이만 이 집을 나가겠다고 인사를 했다. 그러나 주인은 내다보지도 않았다.

주인집을 나와 산에 오르자, 산돼지는 머슴에게 자기 등에 타라고 하며 허리를 낮춰 주었다. 머슴이 탔더니 산돼지는 얼마쯤 가다가 머슴을 내려놓고는 어느 바위 앞에 서서,

"열려라, 바위!"

하고 주문을 외웠다. 그러자 놀랍게도 바위가 열리고 그 안에 대궐 같은 기와집이 한 채 있었다. 그리고,

"닫혀라, 바위!"

하고 다시 주문을 외니 바위문이 다시 닫혔다.

바위 속 기와집을 나온 산돼지는 자기 말을 잘 들으면 장가도 보내 주고 잘살게 해줄 것이라며 아랫동네 대감 집에 가서 머슴을 살라고 했다. 고개를 끄덕이고 산돼지와 헤어진 머슴은 그 말대로 아랫동네로 가서 대감에게 머슴을 두지 않겠느냐고 물었다. 그러자 대감은 기다리기라도 했다는 듯 친절히 대해 주며 당장에 허락했다.

다음 날, 머슴은 나무를 하러 나가 산돼지한테 가니 산돼지가 나무를 한 짐 해주며 그 집 광에 있는 소를 끌고 오라고 했다. 해서, 산돼지의 말대로 주인 대감에게 소를 끌고 나가 나무를 해 오겠다고 했더니, 그 소는 천하장사도 못 끈다며 고개를 저었다.

"그래도 한번 끌어내 보겠습니다."

머슴이 아랑곳하지 않고 광에서 소를 끌어냈는데, 다른 때 같았으면 꿈쩍도 안 했을 소가 순순히 끌려 나왔고, 주인 대감은 소를 잘 몬다며 기뻐했다.

머슴이 산돼지한테로 소를 끌고 가자, 이번에는 칡을 한 짐 캐 오라고 했다. 해서 칡을 캐 가지고 가 보니 산돼지는 벌써 집 한 채만큼이나 나뭇더미를 해 놓았다. 머슴이 그것을 소에 싣고 내려가니 주인 대감이 뛰어나와 매우 놀라며 나무를 부리고 소를 매고 나오자, 자기 딸과 혼인해 달라고 말했다. 머슴은 내일 대답하겠다며 산돼지를 찾아갔다. 자초지종 머슴 말을 듣고 난 산돼지는 혼인하라면서 이렇게 당부했다.

"첫날밤에 지네가 와서 신부를 데리고 갈 것이니 자지 말고 내가 바깥에서 부르면 세 마디 전에 대답하고 곧 나와야 한다."

"그럼, 혼인은 언제 하는 게 좋겠습니까?"

"내일이나 모래 양일간에 하면 된다."

주인집으로 돌아온 머슴이 혼인하겠다고 하자 대감은 안주인과 함께 기뻐하며 당장 내일이라도 식을 올리자고 했다.

이튿날, 혼인하고 첫날밤을 맞았고, 밤이 깊어 산돼지가 한 번, 두 번, 세 번 머슴을 불렀다. 그런데, 머슴은 깜빡하고 깊이 잠이 들어 산돼지가 부르는 소리를 듣지 못하고 말았다. 산돼지가 목이 쉬도록 울며 불렀으나 여전히 잠에 빠져 있었다. 산돼지가 마지막으로 한 번 불렀을 때 그제야 잠에서 깨어난 머슴이 나가 보니 산돼지가 고개를 저었다.

"네 부인은 이미 없어진 지 오래이니 얼른 내 등에 올라타라."

머슴이 올라타자, 천리를 단숨에 뛰어가 내려놓고는 이렇게 일렀다.

"저 집 담에 올라가 지붕 위에서 앞마당으로 뛰어내려서 '너희들 무엇을 하느냐?' 할 것 같으면 지네가 '네, 하늘님 내려오셨습니까?' 할 것이다. 잠자코 있으면 장기를 두자고 할 것이니 져 주도록 해라. 지네는 기뻐하며 부채질할 것인데, 그 밑에는 빨강, 노랑, 파랑의 세 가지 주머니가 있을 것이다. 그때 지네의 왼뺨을 때리고 세 개의 주머니를 빼앗아 나한테로 오면 된다. 지네가 파리가 되어 쫓아올 것이니 잡힐 것 같으면 주머니를 하나씩 던져라."

머슴은 산돼지가 시키는 대로 지붕에서 뛰어내리며 소리쳤다.

"너희들 무엇을 하고 있느냐?"

"네, 하늘님. 오셨습니까?"

지네가 나와 머슴을 안으로 모시고 들어가더니 장기를 두자고 했다. 그래서 장기를 두는데, 몇 말을 놓기도 전에 지네가 이기자 지네는 기뻐서 산돼지 말대로 부채를 꺼내 부채질하기 시작했다. 그때를 놓치지 않고 머슴은 왼뺨을 갈기며 주머니 셋을 빼앗아 도망쳐 나왔다.

산돼지를 타고 얼마쯤 달리니 지네가 쫓아와 닿을 듯 말 듯했다. 머슴이 얼른 노랑 주머니를 던지자, 뒤로 몇천 리 가시덤불이 생겼다. 그런데도 지네는 여전히 쫓아왔다. 다시 파란 주머니를 던지니 큰 바다가 생겼다. 그러자 지네는 파리로 변해 뒤를 바짝 따라왔다. 산돼지는 여전히 달리고 있었다. 마지막으로 빨강 주머니를 던지자, 불길이 솟아 지네는 마침내 타 죽고 말았다.

"지네가 타 죽었다!"

머슴이 외치자, 산돼지가 되돌아 뛰면서 이렇게 말했다.

"그 집에는 광이 열둘이 있다. 첫째 광에는 죽은 사람을 살리는 빨간 열매와 흰 열매가 들어 있는데 빨간 것을 입에 물리고 '살거라' 하면 살고, 흰 것을 머리에 씌우고 '혼 살아라' 하면 혼이 산다. 그리고 여섯째 광에는 네 부인이 있는데, 모두 죽어 있으니 그렇게 해서 살리고, 열 번째, 열한 번째, 열두 번째 광에는 산 사람이 있으니 풀어 주고 오너라."

그리하여 머슴은 많은 사람을 살리고 아내와 둘이 산돼지 등을 타고 집으로 돌아왔다.

그로부터 얼마 후 산돼지가 말했다.

"나는 내일 하늘로 올라가니 내 가족을 잘 묻고 행복하게 살아라."

머슴은 산돼지가 하늘로 올라간 날을 기억해 제를 지내며 행복하게 지냈다. 먼 훗날, 머슴은 먼저 주인집이 망했다는 소식을 듣고 그 가족들을 데리고 와 함께 살았다. 그렇게 머슴은 점점 부자가 되어 보기 드물게 잘 살았다고 한다.

선행과 보은

강릉 땅에 김신조라는 가난한 선비가 살고 있었다. 이 선비 집안은 옛날에는 그 고장에서 제법 잘살던 집안이었다. 그러나 부친이 세상을 떠난 후부터 갑자기 몰락하기 시작하여 그즈음에는 하루하루 끼니 걱정이 끊이질 않았다. 그런 중에서도 가장 마음이 괴로웠던 것은 홀로 계신 어머니를 제대로 봉양 하지 못하는 것이었다.

그런 어느 날, 모친이 무슨 문서 보따리를 한 뭉치 찾아 가지고 아들에게 내주었다. 김신조가 펼쳐 보니 그것은 전날 자기 집에서 부리던 이들에 관한 문서, 즉 종문서였다. 종문서라는 것은 종이 된 사람들의 신분과 가족 관계 따위를 자세히 적어서 주인이 가지고 있는 문서다. 따라서 이것이 있는 한 그 종은 물론이거니와 가족과 자손까지도 주인과의 관계를 끊지 못하고 충성해야 하는 것이다. 그리고 명목상으로 설혹 인연이 끊겨 다른 곳에서 다른 일로 성공하더라도 이 문서가 있는 이상 떳떳이 행세할 수 없게 되어 있었다.

전에 잘살았던 만큼 김신조의 집안도 이러한 종들이 많았다. 그러다가 하나둘씩 내보내고 스스로 나가고 해서 이제는 늙은 할멈 한 사람만 남아 있었다. 김신조의 모친은 원래 착하고 인자한 성품이었다. 그래서 종문서를 진작 태워 버리려고 했지만 살림에 쪼들려 그럭저럭 지내왔고, 오늘 그 종문서를 꺼낸 것이다. 김신조의 모친은 차마 못 할 말처럼 아들에게 이렇게 말했다.

"이 사람들 대부분이 지금 전라도 나주 땅에서 농사를 크게 지으며 잘산다고 한다. 우리가 아무리 몰락하였어도 옛날에 부리던 종한테 구차한 말은 하고 싶지 않다. 그렇지만 그들도 앞으로 행세를 하려면 이 종문서를 제 손으로 없애야겠고, 또 그래서 우리에게 진정으로 무슨 도움을 준다면 그것도 아름다운 일이 아니겠느냐? 그러니, 이것을 가지고 한번 내려가 보아라. 하지만 우리 쪽에서 무엇을 바라는 눈치를 보여선 안 된다."

모친의 말대로 나주에 내려간 김신조는 옛날 종들의 도움으로 돈 천 냥을 부조 받았다. 그들은 주인의 처지와 자신들의 체면을 아울러 생각하고 뜻밖에 많은 돈을 거두어 주었던 것이다. 김신조는 돈 포대를 실은 나귀를 끌고 공주 금강 나루터에 다다랐다. 마침 날이 저물어 저쪽에 매어둔 배를 부르려 할 때였다. 무심코 강 위쪽을 바라보려니까, 사람 그림자 셋이 눈에 띄었다. 그들은 울음 섞인 아우성을 치면서 얽혔다가 흩어지고, 흩어졌다가는 다시 얽히고 하는 것이다.

'해괴한 일도 다 있다…….'

김신조는 달빛을 빌려 자세히 살펴보았다. 그 사람들은 늙은 내외와 젊은 아낙네였다. 그런데 괴상하게도 그중의 하나가 강물에 풍덩 들어가면 두 사람이 기겁하고 좇아 들어와 기슭에 끌어내고서는 또 다른 하나가 강에 뛰어들곤 하는 것이었다. 이렇게 번갈아 붙잡고 뿌리치며 뛰어들기를 수도 없이 되풀이 했고, 그럴 때마다 한 번씩 얼싸안고 슬프게 울었다.

김신조는 더 참을 수가 없어서 냉큼 뛰어가 뜯어말려 놓고 물었다.

"잠깐 참으시오. 대체 왜들 이러는 거요?"

그러자 그중에 노인이 대답했다.

"내 외아들이 관가의 돈을 천 냥이나 축내 갚지 못하고 붙잡혀 가서 내일까지 그 돈이 장만하지 않으면 큰 벌을 당하게 되었다오. 그래 아들놈이 모진 매를 맞는 꼴을 볼 수 없어서 물에 빠져 죽으려 했더니, 늙은 아내와 며느리가 저마다 대신 죽는다고 이렇게 법석을 피우지 않겠소."

말을 마친 노인은 또 어느 틈에 강으로 뛰어들려고 했다. 김신조는 얼른 그 옷자락을 잡아끌었다.

"내 말 좀 들으시오. 그만한 돈으로 네 사람이 모두 목숨을 버린다면 되겠소? 여기 이 돈을 드리겠소."

"예? 뭐라고요?"

노인네 식구들은 모두 꿈인가 싶어 입을 쩍 벌렸다. 그동안 김신조는 돈 포대를 내려놓기가 바쁘게 돌아가 버렸다. 그제야 노인 들이 정신을 번쩍 차리며 좇아갔다.

"여보시오. 잠깐만 기다리십시오. 대체 어디 사시는 뉘시오?"

"강원도 사는 사람이라고만 알아두시오."

김신조는 뒤도 돌아보지 않고 나귀를 몰고 부리나케 가 버렸다. 그렇게, 김신조는 빈손으로 돌아와 금강 나루에서 생긴 일을 모친한테 솔직히 고했다. 이야기를 다 듣고 난 모친은 조금도 노하지 않고, 등이라도 토닥여 주고 싶다는 듯이 말했다.

"과연 내 아들이다. 참 잘하였구나!"

모친은 여전히 가난에 시달렸다. 그러나 편안히 살다가 나이 85세에 잠들듯이 세상을 떠났다. 이때 김신조에게 다급한 일이 생겼다. 무엇보다도 모친을 장사 지낼 산소 자리가 없었다. 대를 물려 내려오는 산도 남은 것이 없고, 남의 산을 사자니 돈이 부족했다.

'그렇다고 아무 데나 모친을 모실 수는 없다.'

생각다 못한 김신조는 가깝고 먼 곳을 가리지 않고 산소 자리를 얻으러 다녔다. 행여 마음에 드는 좋은 곳을 값싸게 살 수 있을까 해서였다. 그런 어느 날 강릉 남쪽에서 보기 드물게 훌륭한 산소 자리를 발견했다. 김신조는 그 산 임자가 있는 바로 옆의 큰 마을을 찾아갔다. 울창한 소나무 숲을 등지고서 양지바르게 자리 잡은 큰 기와집이 보였다. 그 앞과 좌우에 즐비한 초가집들도 모두 아담했다. 기와집은 어느 부자의 집이요, 둘레의 초가집들은 그 하인들의 집임이 분명해 보였다.

'이토록 잘 사는 집이라면 산소 자리쯤 떼주겠지' 하고 생각하면서 김신조는 집주인을 찾았다. 그 집 젊은 주인은 초면인데도 불구하고 김신조를 사랑방에 정중히 맞아들였다. 그뿐 아니라, 이내 푸짐한 음식상을 차려 내왔다.

"어디 사시는 분인지 모르지만, 마침 때가 되었으니, 식사나 하고 가십시오."

그때였다. 사랑방 안쪽 미닫이문이 갑자기 열리면서 젊은 아낙네가 조용히 들어오더니 한쪽 옆에 엎드려 머리를 숙인 채 말을 못 하고 흐느껴 울었다. 김신조는 깜짝 놀랐다. 초면에 음식까지 대접하는 일이 우선 어리둥절할 만큼 수상했는데, 이제 또 그 집 여자 주인이 나와서 울기 시작했기 때문이다. 김신조는 밖으로 몸을 피하려고 일어섰다. 그러는 동안 젊은 주인도 눈이 휘둥그레져 자기 아내부터 흔들었다.

"여보 어떻게 된 일이오? 혹시 이분이 바로……."

아낙네는 남편의 말을 가로막듯이 하며 머리를 쳐들었다. 눈물에 젖은 얼굴인데, 거기에는 오히려 말할 수 없는 반가움과 고마움이 듬뿍 담겨 있었다.

"예, 바로 이 어른이십니다. 금강에서 우리를 구해 주신 어른이십니다. 날마다 밤마다 향 피우고 하늘에 빌었더니 이렇게 오늘에서야 만나 뵐 줄이야……."

아낙네는 또 한 번 말을 잇지 못하고 반가움에 눈물을 흘렸다. 그제야 김신조는 잊었던 옛날 일이 머리에 떠올랐다. 그러나 그보다 앞서 젊은 주인의 손이 김신조의 옷소매를 붙잡고 있었다.

"오! 손님이 바로 은인이시었군요. 자, 절부터 받으십시오."

젊은 주인은 자기 아내를 일으켜 세우고 김신조를 아랫목에 앉게 했다. 그리고 김신조가 미처 맞절할 겨를도 없이 큰절을 올렸다.

김신조는 그들이 지내온 이야기를 들었다.

"저희는 관가에서 풀려나온 후 농사일을 열심히 하여 10년 만에 큰돈을 모으게 되었습니다. 그렇지만 어떻게 해서든지 은혜를 갚고자 하여 강원도에 사신다는 말만 믿고 여기 와서 널리 수소문 했지만 성함을 알 도리가 없어 정말 초조하게 지냈습니다. 그래서 집에 손이 오시면 누구를 막론하고 정중히 대접하면서 안식구를 시켜 문틈으로 엿보게 했는데, 오늘에서야 저희의 뜻이 이뤄졌습니다."

김신조는 보답을 바라기보다는 당장 급한 산소 자리 이야기를 해야 했다.

"나도 그간 무사히 지냈으나 실은 모친을 모실 산소 자리 때문에 우연히 찾아왔소. 방금 오다가 본 그 산을 한 구석 싸게 떼어 줄 수 없겠소?"

"별말씀을 다 하십니다. 어찌 산소뿐이겠습니까. 이 동네 이 근처 논밭은 사실 은인께 드리고자 마련된 것입니다. 그래서 부모님은 고향에 남으시고 저희 내외만이 와 있었습니다. 자, 여기 문서까지 다 되어 있습니다. 은인께서 성함만 써 넣으시면 되도록 이렇게 비워 둔 것입니다."

젊은 주인은 벽장에서 두툼한 문서 뭉치를 꺼내 놓았다. 김신조는 그러나 그 호의를 냉큼 받으려 들지 않았다.

"정 그렇다면 우선 산소 자리나 쓰게 하고 그래도 마음이 덜 풀 린다면 그 당시 빌려준 천 냥 정도나 갚아 주시오. 그

대들의 뜻은 물론 고맙고 갸륵하나 애초 내가 한 뜻이 그것은 아니었고, 돌아가신 모친께서도 내가 한 일을 기뻐하셨으니 부디 더는 보답하겠다는 생각은 말아 주오."

젊은 주인은 무엇을 생각했는지,

"듣고 보니 옳으신 말씀입니다. 이르신 대로 하겠지만 이번 장례식만은 저희가 지성껏 치르게 허락해 주십시오."

하고 말했다. 물론 장례비용을 모두 내겠다는 뜻이다. 김신조는 이것마저 사양할 수는 없었다. 이렇게 해서 김신조는 모친의 장례를 성대하게 그리고 정성껏 치렀다. 그리고 10여 년 전에 주었던 돈 천 냥도 따로 돌려받았다.

'허, 세상에는 이렇게 착한 사람도 다 있구나! 그렇더라도 이제는 서로가 마음의 부담이 없어져서 다행이다.'

김신조는 마음이 사뭇 기뻤다.

그런데 며칠 후 젊은 내외는 종들도 모르게 단둘이서 공주로 돌아가 버렸다. 그 소식을 알리러 온 종 하나가 건넨 편지가 천만뜻밖의 사연이었다.

"은인께서 아무리 사양하셔도 저희는 애초의 뜻을 이루지 못하고서는 세상에 살 염치가 없습니다. 이제 원래 생각대로 전답과 가옥 그리고 종문서를 아울러 은인 앞으로 고쳐 적어서 두고 가니 부디 외람되다 마시고 저희의 마음을 편히 하여 주십시오."

김신조는 당장 사람을 공주로 보냈다. 그 젊은이의 거처를 알아내 끝까지 사양하자는 것이었다. 그러나 이것도 허사였다. 공주로 젊은 내외가 돌아온 것도 사실이고, 또 그의 늙은 부모도 부유하게 편히 살았던 것도 사실이었으나, 젊은 내외는 강원도에서 돌아온 그 직후 모두 어디론지 이사를 가 버렸다는 것이다.

"참으로 기특하다. 기어코 은혜를 갚으려고 종적마저 감추다니!"

김신조도 더는 어쩔 수 없었다.

소 선비 이야기

전라도 어느 시골에 소씨 성을 가진 가난한 선비가 살고 있었다. 어렸을 때 부모를 한꺼번에 잃었는데 어른이 되자 이번에는 애써 얻은 아내마저 자식 하나 낳지 못하고 세상을 떠났다. 게다가 의지할 만한 일가친척도 없어서 그야말로 혈혈단신 외로운 신세가 되어 버렸다.

소 선비는 견디다 못한 끝에,

"차라리 죽느니만 못하구나!"

라고 결심했다.

그러나 막상 죽으려 하고 보니 그 방법이 여간 어렵지 않았다. 이럴 때 마침 장성 땅 뒷산 깊은 곳에 사나운 호랑이가 나타나서 낮에도 사람을 잡아먹는다는 소문이 떠돌았다.

"옳지, 호랑이 밥이 되는 게 빠르다."

소 선비는 험한 산골길 3십 리를 서둘러 기어 올라갔다. 그리고 수목이 울창한 곳을 골라 바위에 걸터앉았다. 밤이 차츰 깊어 달빛이 어렴풋한데 늦가을 찬 바람이 나뭇잎을 흔들어 떨구기 시작했다. 그러나 죽음을 각오한 소 선비는 숲 속 어두운 곳을 박힌 듯 바라보고 있었다. 이왕이면 빨리 호랑이한테 물려 죽으려고 그것만 기다리는 것이었다.

그렇게 얼마쯤 지났을까, 앞쪽에서 무엇인가 시커먼 그림자가 나타나더니 한 번 멈칫했다가 다시 차츰 가까이 오기 시작했다. 소 선비는, 오는구나, 생각하고 조용히 앉아 있었다. 그런데 앞으로 오는 그림자는 호랑이가 아니라 활을 멘 사냥꾼이었다.

"대체 누구신데 이런 위험한 곳에 혼자 앉아 계십니까?"

사냥꾼은 고개를 설레설레 흔들었다.

"지나가는 나그네요. 다리가 아파서 잠깐 쉬고 있소."

소 선비가 대답했다. 그 말과 태도가 하도 태연스러워서 포수가 놀랐다.

"여기서는 사람 잡아먹는 호랑이가 나오는 곳인데, 무섭지 않습니까?"

"무섭지 않소. 걱정 말고 어서 일 보러 가시오."

무섭기는커녕 그 호랑이를 기다리는 중이다. 그래도 차마 사실대로 말 못 하고 귀찮다는 듯이 던진 말이었다. 그런데 사냥꾼은 소 선비를 어떻게 보았는지 어깨에 메었던 총을 내려놓고 무릎을 꿇었다.

"뵙자니 보통 분 같지는 않으십니다. 필시 어떤 신통한 재주를 가지셨거나 그렇지 않으면 천하의 장사이심이 분명합니다. 그렇게 알고 부탁드리니 제발 저를 도와주십시오."

"대체 무슨 일을 도우란 말이오?"

상대의 태도가 갑자기 변했기 때문에 소 선비는 어리둥절했다.

"다름이 아니라, 저는 이 고을에서도 이름 있는 포수입니다. 그런데 오늘은 그 호랑이를 꼭 잡아다가 관가에 바쳐야 하는 날입니다. 제가 숲에 들어가서 호랑이를 이쪽으로 몰아낼 터이니 다음은 이렇게 저렇게 해 주십시오."

사냥꾼은 손짓으로 호랑이를 도망가지 못하게 해 달라는 시늉을 해 보였다. 그러고는 소 선비의 대답을 듣지 않고 산위로 달려 올라갔다. 일 자체는 우습고 맹랑했다. 그러나 소 선비는 오히려 잘 됐다고 생각했다. 사냥꾼이 호랑이를 몰아오게 되면 그만큼 빨리 죽을 수 있기 때문이다. 그래서 더욱 태연하게 앉아 있는데 갑자기 저만치 보이는 숲에서 "어흥!" 하는 소리가 났다. 이어 황소보다 커 보이는 호랑이 한 마리가 바람을 일으키며 내달아오는 것이었다. 소 선비는 죽음을 각오하고 눈을 꼭 감았다. 그러나 의당 와야 할 그 순간은 오지 않았다. 바로 코앞까지 불어닥친 바람기를 느끼기는 했지만, 그다음 아무런 기척도 나지 않았다.

"해괴한 일이다?"

소 선비는 이렇게 중얼거리며 눈을 떴을 때 참말이지 해괴한 일이 눈앞에 벌어지고 있었다. 원래 소 선비가 앉은 바위 밑에는 아름드리나무가 두 그루 서로 얽히듯이 서 있었다. 그런데 호랑이는 그 좁디좁은 틈바구니에 뛰어들어 허리가 꽉 끼어져서 옴짝달싹 못 하고 있었던 것이었다. 소 선비가 그 꼴을 발견했을 때 호랑이는 무서운 비명을 지르며 힘을 다하여 몸부림쳤다. 그러나 육중한 나무만 흔들릴 뿐 몸은 여간해서 빠지지 않았다. 게다가 호랑이는 새끼를 배었는지 나무 틈에 끼인 배가 앞뒤로 유난히 부풀어 올라와 더욱 고통스러운 모양이었다.

소 선비는 기가 막히고 일변 또 우스운 생각도 들어 마음 놓고 앞으로 다가갔다. 그런데 이때 호랑이는 고개를 한 번 크게 흔들더니 자기 힘에 지쳤는지 축 늘어져 버렸다. 소 선비는 잠시 망설이다 가 칡덩굴을 부지런히 뜯어 밧줄을 꼬았다. 그것으로 호랑이의 목을 칭칭 동여맨 다음 이번에는 굵직한 작대기를 구하여 나무 사이에 끼어 힘껏 비틀었다. 여간 힘든 일이 아니었다. 하지만 약간 틈이 생기자, 호랑이도 최후의 힘을 다하여 몸부림쳤고, 간신히 빠져나오게 되었다.

그러나 이미 기진맥진한 호랑이는 그 자리에 엎드려 숨만 거칠게 헐떡거렸다. 보면 마치 소 선비에게 고삐를 잡힌 소처럼 양순하기 짝이 없었다.

바로 이때 앞쪽 숲에서 사냥꾼이 뛰어왔다. 사냥꾼은 이 모습을 보더니 눈이 휘둥그레져서 말도 못 하다가 이내 꿇어앉아 절을 꾸벅했다.

"역시 저의 짐작이 맞았습니다. 참으로 놀라우신 분입니다. 저도 실상 힘깨나 쓰는 사람으로 유명합니다마는, 호랑이를 이렇게 사로잡을 순 없습니다. 아니, 생전 보지도 듣지도 못하였습니다. 오늘부터 스승님으로 모시겠습니다."

사냥꾼은 소 선비가 말할 여유도 주지 않고 혼자 지껄였다. 그리고 다시 한번 큰절했다.

이렇게 해서 잡은 호랑이를 그 자리에서 죽인 사냥꾼은 가죽을 벗겨 소 선비와 함께 산 밑 주막으로 내려갔다. 그러나 소 선비는 사냥꾼이 식사 준비를 시키는 동안 몰래 달아나듯이 주막에서 빠져나왔다.

"아, 나는 죽을 팔자도 못 되는가 보다."

한 번 죽으려다 묘한 일로 뜻을 못 이룬 소 선비는 그 후 여러 날을 굶주리며 지냈다. 그러다가 문득 한 가지 일이 생각났다.

'그렇구나, 이웃 고을 아무 데에 사는 곽 부자가 실은 우리 조상 때부터 대물려 내려오던 종이다. 마침 그의 종문서가 있으니 그걸 갖고 가서 5천 냥쯤 받고 돌려주면 형편이 펼 것이다.'

그러나 이 생각은 잘못이었다. 원래 곽 부자는 주인 소 선비의 집을 도망쳐 달아난 사람이고, 또 어떻게 요행으로 부자가 되었지만, 한 번도 옛 주인집을 찾아간 적이 없는 고약한 인간이었다.

아니나 다를까, 곽 부자는 소 선비의 요구를 코웃음으로 거절했다. 몇십 리 길을 고생하여 찾아온 전날의 주인인데 음식도 대접하지 않고 내쫓았다. 그뿐인가. 곽 부자는,

'앞으로 종문서를 가지고 무슨 떼를 쓸지 모른다. 차라리 누굴 시켜 죽여 버려야겠다.'

하고 끔찍한 생각까지 했다. 그래서 며칠 후 힘센 불한당 열 명을 몰래 사들였다.

"아무개는 실상 우리 부친을 죽인 원수다. 한 사람 앞에 1백 냥씩 줄 터이니 쥐도 새도 모르게 없애 버려라."

그 말을 믿은 불한당들이 어느 날 밤 소 선비네 집에 몰려갔다. 아닌 밤중에 칼, 몽둥이를 든 불한당 떼의 습격을 받은 소 선비는 조금도 당황하지 않았다. 진작부터 죽으려고 하던 사람이다. 따라서 소 선비는 오히려 잘 되었다고 생각했는지도 모른다.

어쨌든 소 선비가 너무도 태연한 모습을 보였기 때문에 불한당들은 헛기운이 빠질 만큼 어리둥절했다. 그러자 마침 한패 중에서 몸집이 우람한 사람이 깜짝 놀라더니 소 선비 앞에 무릎을 꿇었다.

"스승님, 이게 어쩐 일입니까?"

소 선비가 자세히 보았더니 다른 사람이 아니라 호랑이를 잡던 그날 그 사냥꾼이었다. 이렇게 된 이상 일은 갑자기 전연 딴 방향으로 변할 수밖에 없다. 우선 사실을 알게 된 사냥꾼이 그제야 곽 부자한테 속은 줄 알고 당장 여러 사람한테,

"너희는 모르지만, 저 어른이 바로 호랑이를 사로잡은 나의 스승이시다."

하고, 불한당들을 재촉하며 곽 부자네 집으로 달려갔다. 그리고 애초 소 선비의 요구대로 돈 5천 냥을 얻어내어 종문서와 바꾸게 했다. 그런 후부터 사냥꾼은 소 선비를 정말 스승처럼 섬겼다고 한다.

둘째 마당

소년 정충신

전라도 광주에 정씨 성을 가진 선비가 살고 있었다. 정 선비는 나이 60세가 되었어도 슬하에 아들을 두지 못하여 매일 우울하게 지냈다. 그러다가 어느 날 이상한 꿈을 연거푸 두 번이나 꾸었다. 처음 꿈에서는 무등산이 둘로 쪼개지면서 시퍼런 용이 뛰어나와 몸에 감겼다. 깜짝 놀라 깨어 괴상히 여기다가 다시 잠이 들었는데, 또 그 산이 갈라지면서 이번에는 흰 호랑이가 뛰어나와 품에 안기는 것이다.

"해괴한 꿈이다. 혹시 태몽일지도……."

태몽이란 아기를 가질 수 있는 징조가 나타나는 꿈이다. 그중에서도 용과 호랑이의 꿈은 훌륭한 남자아이를 낳을 징조라고 전해져 왔다. 이 꿈의 영험이 있었는지 정 씨의 아내는 그 후 열 달 만에 옥 같은 사내아이를 낳았다.

아기는 무럭무럭 자랐다. 키는 작달막하였으나 샛별 같은 눈에 슬기가 번득이고, 날래고 탄탄한 몸에는 용기가 흘러넘쳤다. 게다가 의협심이 강하고 또 말재주도 이만저만이 아니었다. 이 아기가 바로 뒷날 선조 임금 때 지략과 용기로 이름을 떨친 정충신 장군이다.

임진왜란이 일어나 권율 장군이 전라도 광주에서 군사를 모을 때 정충신은 나이 어린 소년의 몸으로 자진하여 달려갔다. 권율 장군은 씩씩하고 슬기로운 정충신을 보자 대뜸 마음에 들었다. 해서 소년 정충신은 그날로 권율 장군의 지인이 되었다. 지인이란 지금으로 말하면 사령관에 직접 딸린 연락병 격이다.

참하고 재치 있는 정충신은 유독 권율 장군뿐 아니라 그 밖의 대장, 병사들에게도 귀염을 한 몸에 받게 되었다. 이때 왜적은 경상도를 휩쓸고 마침 전라도에 침범할 기세를 보이고 있었다.

그런 어느 날 정충신은 몇몇 척후 병사를 따라 왜적의 형편을 살피러 갔다. 한참 가다가 어떤 구석진 산골 마을에 다다랐다. 그리고 마침 그 마을 밖에 쌓아 둔 낟가리 옆을 지나갈 때였다. 정충신이 갑자기 활을 잡기가 바쁘게 굵직한 화살을 낟가리 한복판에 힘껏 쏘았다. 순간, '억!' 하는 소리와 함께 낟가리 한쪽이 무너지더니 거기에 숨었던 왜병 하나가 어깨에 화살을 맞고 뛰어나왔다. 낟가리 한 군데가 부스스 움직인 것을 정충신 혼자서 재빨리 발견하였던 것이다. 상처 입은 왜적 척후병이 잡혀 와 권율 장군은 적의 동태를 알게 되고, 또 그래서 첫 번째 싸움에 크게 이길 수 있었다. 권율 장군은 이 일로 해서 정충신을 더욱 사랑하고 미덥게 여겼다.

얼마 후, 군사에 관한 연락을 멀리 평안도에 보낼 일이 생겼다. 그 당시 선조 임금은 의주에까지 피난해 가 있었다. 권율 장군은 이 연락 보고의 중대한 임무를 정충신에게 맡겼다. 열일곱 살 어린 정충신은 전라도에서 평안도 끝인 의주까지 와서 중한 임무를 무사히 완수하여 과연 권율 장군의 기대와 신임을 어기지 않았다. 선조 임금은 물론이거니와 당시 임금 곁에 있었던 이항복 또한 눈이 휘둥그레질 만큼 놀라고 또 탄복했다.

"장래 반드시 훌륭한 인물이 되어 나라에 공을 쌓을 것이다."

이항복도 권율 장군만큼이나 정충신을 아끼게 되었다. 그래서 정충신을 전라도로 돌려보내지 않고,

"너는 아직도 어린 몸이니 장래를 위하여 큰일을 하도록 하여라."

하고 친자식처럼 보살피며 손수 글을 가르치기 시작했다.

늦게 배우는 글이었지만 정충신은 재주가 비상해서 얼마 후 자기 손으로 글을 짓고 웬만한 서신도 격에 맞춰 쓰게끔 되었다. 그러나 정충신은 문과보다도 무과, 다시 말해서 정치보다는 군사학에 더 뜻을 크게 가졌던 모양이다. 그해 겨울에 있었던 무과에 수월히 합격한 것도 그 때문일 것이다.

소식을 들은 선조 임금은 어느 날 이항복에게,

"그대가 입이 닳도록 칭찬하는 정충신은 과연 비상한 인물이다. 그러나 아직은 나이가 어리니 조금 더 지난 후에 중한 일을 맡기는 것이 좋지 않은가?"
하고 당장은 벼슬자리를 주지 않았고, 이항복도 물론 찬성했다. 그만큼 정충신의 장래를 크게 기대한 까닭이다.

임진왜란이 어지간히 평정된 후 정충신은 이항복을 따라 서울로 돌아오게 되었다. 이때도 이항복은 정충신의 나이가 어리다 하여 자기 집에다 두고서 글공부를 계속하도록 했다. 정충신은 이항복의 은혜를 깊이 새기고, 또 장차 크게 되면 나라를 위하고 이항복을 위하여 보답할 생각을 굳게 가졌다. 그러나 꼭 한 가지 정충신이 이항복을 못마땅하게 여기는 일이 있었다. 그것은 이항복이 툭하면,

"안 할 소리지만, 나라의 큰일을 하기 위한 용기와 담력과 지혜만은 우리 장인께서도 나보다 못 하실걸."
하고 자랑 섞인 농담을 하는 일이었다.

이항복의 장인이란 바로 권율 장군이다. 권율 장군을 누구보다 숭배하는 정충신은 그럴 때마다,

"모르시는 말씀입니다. 절대 안 그렇습니다."

하고 어린 마음에도 불평이 대단했다.

그런 어느 날 정충신이 밖에 나갔다가 헐레벌떡 뛰어 들어오더니,

"큰일났습니다. 왜적들이 또 충청도 새재를 넘어 벌 떼처럼 쳐들어옵니다."

하고 소리를 질렀다.

이항복은 마침 변소에서 뒤를 보는 중이었다. 그런데 이 소리를 듣더니,

"뭐야!"

하면서 후닥닥 뛰어나왔다.

어찌나 당황했는지 한 손으로 허리띠와 바지춤을 움켜잡고 나와서는 정충신의 손을 또 한 손으로 잡았다.

"그, 그게 정말이냐?"

이항복은 낯빛이 새파랗게 질려 있었다. 그런 이항복을 빤히 쳐다본 정충신은,

"용서하십시오, 실은 거짓말입니다."

하고 머리를 숙였다.

"휴!"

이항복은 안도의 한숨을 내쉬고 잠깐 정충신을 흘겨본 후 이내 방으로 데리고 들어갔다. 다른 일도 아니고 국가의 큰 일을 가지고 함부로 장난했으니, 아마도 이항복은 무슨 벌을 주거나 크게 꾸짖을 요량만 같아 보였다. 그러나 우선은 괘씸한 생각을 누르고,

"어째서 그런 몹쓸 장난을 하였느냐?"

하고 점잖게 물었다.

정충신은 무릎을 꿇고 얌순하게 앉아 있다가,

"제가 잘못하였습니다. 용서하여 주십시오. 늘 말씀하시길 권율 장군보다 용기가 더 있으시고 지혜도 깊다고 하셨기에 한 번 시험해 보았습니다."

하고는 다음과 같은 이야기를 했다.

임진왜란이 시작되어 싸움이 한창일 때의 일이다. 권율 장군은 얼마 안 되는 군사를 거느리고 청주성에 돌아가다가 갑자기 왜적의 대군에게 포위당하게 되었다. 실로 위태롭기 짝이 없는 순간이었다. 그런데 권율 장군은 조금도 당황하지 않고 소년 정충신을 불렀다.

"너는 바로 혼자서 적진에 들어가 그 대장에게 이렇게 말하고 오너라! 예부터 두 나라가 싸울 때는 마땅히 정정당당하게 진을 친 후 맞싸워야 하는 법이거늘, 어찌 비겁하게 한 때의 꾀로써 요행을 바라느냐? 그대가 당당한 장수로서 부

끄러움을 느낀다면 순순히 나의 길을 트라.”

권율 장군의 말을 듣고 정충신은 위험을 무릅쓰고 적진에 들어가 그 말을 왜적 대장에게 전했다. 과연 왜군 대장은 권율 장군 말에 탄복하여 저희 군사를 길 좌우로 물러서게 했다. 권율 장군은 으리으리한 적진을 마치 자기의 진지나 되듯이 천천히 빠져나갔다.

이때 모든 병사가 겁에 질렸고, 정충신은 더구나 어린 마음이 산란했다. 이 때문인지 정충신은 맨 나중에 빠져나와서 거기까지 끌고 오던 말을 권율 장군에게 바꿔 타게 하려다 보니까, 말은 어디 가고 고삐만 잡고 있지 않은가!

그러자 권 장군이 몹시도 엄한 낯으로 이렇게 꾸짖었다.

“아무리 적진을 뚫고 오는 길이라 할지라도 내 군사가 걷는 동 안의 대열은 바로 내 진지의 행군이다. 그런데 너는 우리 진 안에서 대장의 말을 잃고 적의 웃음거리가 되었으니 마땅히 군법에 따라 벌을 받아야 한다. 다시 적진에 들어가 잃은 말부터 찾아오너라.”

그러면서 권율 장군은 적진에 가서 왜군 대장에게 할 말을 일러 주었다.

정충신은 혼자서 다시 적진에 달려 들어갔다. 그리고 권율 장군이 시킨 대로 말했다.

“대장의 말을 잃으면 그 병사가 군법에 처단되는 것은 어느 나라나 마찬가지다. 너희는 방금 우리와의 약속을 훌륭하게 지켜 주었다. 그런데 그 신의를 저버리고 우리 대장의 말을 훔쳐 분풀이하다니 너무도 비겁하지 않으냐?"

왜군 대장은 고개를 끄덕이며 순순히 말을 내주었다.

정충신은 이렇게 말을 도로 찾아오기는 하였지만 군법대로 곤장을 20대나 맞았다는 것이다.

정충신은 여기까지 말하고,

"이 일로 우리 군사는 새삼 군율을 지키고 사기도 올라 그 다음 날 적과 싸워서 크게 이겼습니다."
하고 자기 나름대로 자랑스럽게 덧붙여 말했다.

이항복은 말을 듣는 동안 저도 모르게 낯이 붉어졌다. 비록 농담으로 한 말이지만, 장인 권율 장군의 참된 용기와 슬기는 정충신의 말이 아니었다면 이토록 자세히, 그리고 깊게 알 수 없었을지도 모른다.

이후 이항복이 안으로 어지러운 나라를 바로잡고, 권율 장군이 밖으로 극성맞은 왜적을 물리치는 데 양쪽 기둥의 구실을 한 일은 역사 기록에 쓰인 그대로이다. 또 정충신은, 그 후 몽골의 침략을 물리치고 부원수에까지 오른 명장 중의 한 사람이 되었다.

수절 며느리 시집 보내기

시골 노인이 아들 하나를 키워 며느리를 보게 되었다. 며느리를 얼마나 잘 맞아들였는지 살림 솜씨는 물론 시부모에 대한 효심까지 깊어 흠잡을 데가 없었다. 그런데 삼 년 만에 갑자기 아들이 죽고 며느리는 청상과부가 되고 말았다. 며느리는 남편이 죽은 뒤 문밖에도 안 나가고 수절하며 지냈지만, 시아버지 마음속에는 걱정이 가득했다.

'저 아이가 평생 변치 않고 우리 집안 귀신이 되어 줄까?'

그런 생각에 밤이면 며느리가 기거 하는 방을 한 번씩 살펴보던 어느 날, 며느리 방에 불이 환하게 밝혀져 있어 가만히 들여다보니, 며느리가 베개를 세워 놓고 그 베개에 살아 있을 때 남편이 입던 옷을 입히고 갓을 씌워 놓고는 품어 보기도 하고 끼고 눕기도 하는 것이었다.

'저런, 저런! 새아기가 오죽하면 저럴까?'

온갖 생각에 시아버지는 밥 먹을 생각조차 나지 않았다.

'이제 우리 집안은 망했구나!'

혼자 한탄하고 있을 때 이상하게 여긴 부인이 물었다.

"무슨 근심이라도 있습니까? 하룻밤 사이에 낯빛이 상했으니 대체 무슨 일인지요?"

"이제 우리 집안은 망했소. 내가 엊저녁에 가 보니 새아기가 베개에 제 남편 옷을 입혀 놓고는 끌어안고 몸부림치질 않겠소. 속마음이 그러니 우리 집안 귀신이 되기는 틀린 것 같소. 일이 이 지경이니 살아서 무엇 하겠소."

"내게 좋은 방법이 있으니, 이렇게 해 보시지요."

"대체 무슨 방법이 있단 말이오?"

"우리집 귀신이 되기는 틀린 듯하니 마부에게 돈을 줘서 데리고 살라고 합시다. 그런 다음 밤새 앓다 죽었다고 하면서 당신이 직접 가짜 시체에 염을 하고 관에 넣어 장사를 지냅시다."

시아버지가 가만히 들어보니 좋은 방법이라 여겨졌다.

"일리가 있소."

부부는 아무도 모르게 마부를 불러 돈을 주면서 둘의 계획을 설명했다.

"어떤가? 해 보겠는가? 단, 비밀을 꼭 지켜야 하네."

천한 일을 하며 늦도록 장가를 들지 못했던 마부로서는 거절할 이유가 없었다. 젊고 아름다운 새댁에 살림 밑천까지 한몫 떼어 준다니 횡재가 아니겠는가.

"네! 그렇게 하겠습니다!"

"거듭 당부하네만 모르게 쥐도 새도 모르게 멀리 데리고 가서 잘 살아야 하네."

시아버지는 다시 한번 신신당부하고 마부를 보냈다. 그리고 그날 밤부터 며느리가 아프다면서 이 집 저 집을 돌아다니며 약방문을 구하고 다녔다. 며칠 동안을 그러고 돌아다니니 동네 사람들이 모두 며느리가 매우 아픈 것으로 믿게 되었다. 그렇게 소동을 피우고 얼마 지나지 않아 며느리가 죽었다며 친척과 동네 사람들을 가짜 장례를 불러 모았고, 염할 순서가 되자 이렇게 말했다.

"불쌍한 것, 다른 사람들은 절대 손대지 마라. 내가 직접 하겠다."

사람들을 물리치고 두 내외가 방으로 들어가 염을 하고 관을 짜서 시체를 넣었다. 딸이 평생 수절할 수 있을까 걱정하던 친정에서도 딸의 죽음이 오히려 다행이다 싶어서 크게 신경을 쓰지 않고 넘어갔다.

삼 년 후, 시아버지가 서울에 다니러 가는 길에 날이 어두워져 어느 집에서 머물게 되었다. 그런데, 저녁상을 받아 음식을 먹다 보니 희한하게도 자기 입맛에 꼭 맞았다. 그 옛날 며느리가 해 주던 바로 그 음식맛이었다. 집을 내보낸 며느리 생각에 밤새 뒤척이다가 아침에 일어나 세수하며 주변을 둘러보다가 시아버지는 깜짝 놀랐다. 며느리가 안채 마루에서 다듬이질하고 있는 것이 아닌가!

시아버지는 죽은 아들 생각에 아침을 먹을 수가 없었다. 하지만 들어온 아침상을 그대로 물릴 수도 없는지라 몇 수저 뜨고는 그대로 아무 말도 하지 않고 그 집을 나와 버리고 말았다. 그러나 다시 죽은 아들 생각이 나서 길옆에 쌓아 놓은 짚단에서 지푸라기를 하나 뽑아 목구멍 깊숙이 밀어 넣어 먹은 것을 모두 토해냈다.

세월이 지나 시아버지는 서울에 올라가 높은 벼슬을 하며 잘 살았고, 며느리는 며느리대로 마부를 남편 삼아 행복하게 살았다고 한다.

신 참판과 유척기

신임은 원래 황해도 평산 고을 사람으로 참판 벼슬을 지냈다. 그는 평소 사람을 알아보는 눈이 높기로 유명했는데, 정작 자신은 아들 복이 없는지 하나밖에 없는 외아들이 장가든지 얼마 안 있어 세상을 떠났다. 다만 유복녀로 태어난 손녀딸이 더없이 총명하고 아리따워서 신임은 외로움을 조금이나마 덜 수 있었다.

이 손녀가 자라서 혼인할 나이가 되자 누구보다도 며느리가,

"아버님께서 저 아이 사윗감을 빨리 잘 골라 주십시오."

하고 부탁하기 시작했다. 신임은 그때마다,

"어떠한 사람이면 만족하겠느냐?"

물었고, 또 며느리는 한결같이,

"나이 80살이 될 때까지 두 내외가 의좋게 살 수 있으며, 벼슬은 영의정, 집안은 부유하고, 또 아들딸들을 많이 낳을 수 있으면 좋겠습니다."
하고 욕심껏 말했다.

"허허, 세상에 어찌 그토록 모든 복을 다 갖춘 사람이 쉽게 있겠느냐? 꼭 그런 재목이라야 된다면 좀지에 구하기 어려우니 역시 서서히 수소문해야겠다."

신임은 말뿐이 아니라 실제로 그러한 신랑감을 늘 잊지 않고 물색했다.

그러던 어느 날, 신임이 높은 벼슬아치가 타는 '초헌'이라는 수레에 실려 장동 거리를 지나가는데 문득 보니 마침 여러 아이가 길에서 재미있게 노는 중이었다. 아이들의 놀이를 본 신임은 무엇을 발견하였는지 초헌을 멈추게 하고 유심히 어떤 소년을 살펴보았다.

그 소년은 나이가 열 살 남짓 되어 보이는데, 입은 옷은 더럽고 찢어져서 꼴이 말이 아니었다. 그러나 몸매와 얼굴 생김새와는 달리 두 눈에 슬기가 넘쳐 보였다.

"음, 저 아이는 장래 큰 인물이 될 상이다. 어서 이리로 불러오너라."

신임이 하인에게 명령했다.

그런데, 소년은 고관의 부름을 조금도 꺼리지 않고 오히려 고개를 저었다. 신임이 다시 다른 하인을 시켜 거의 강제로 데려오게 하였으나 그 소년은 고집이 셌다.

"어떠한 관원인지 모르겠지만 죄 없는 사람을 함부로 붙잡아 가는 법이 어디 있소?"

소년은 호통치며 거절했지만, 하인 여럿의 힘을 당하지 못하고 결국은 신임 앞에 끌려왔다.

"다른 뜻은 없다. 너희 집안의 문벌을 알고 싶으니 말해 보아라."

신임이 부드럽게 물었다.

"그걸 알아서 무엇 하시렵니까? 저는 유가 성을 가진 양반의 자손입니다. 자, 아셨으면 속히 저를 놓아주십시오."

소년은 여전히 반항하는 투로 말했다.

"허 참, 고집이 매우 세구나! 그래라, 어서 가 보아라."

신임은 할 수 없이 소년을 놓아주었다. 그리고 수레에서 내려 먼발치에서 소년의 뒤를 따랐다.

소년의 집은 판자촌에서도 제일 형편없는 오막살이였다. 신임은 상관 않고 집주인을 찾았다. 쓰러져가는 오막살이집에는 소년과 늙은 어머니 둘밖에 없었다. 가세를 짐작한 신임이 고개를 끄덕이며 하인에게 일렀다.

"부인을 찾아뵙고 아무 데 사는 신 아무개가 나이 찬 손녀딸이 있어서 댁의 도령과 정혼하고자 하니 부디 허락을 바란다고 전하거라.”

하인이 안에 들어간 지 얼마 후에 나와 신임에게 고했다.

“처음에는 그저 놀랍기만 한 모양이었습니다만, 소인이 잘 말씀드렸더니 황송해하며 아무 말도 더 못하셨습니다.”

“음, 그러면 승낙을 받았단 말이냐?”

“예, 그러하옵니다.”

“알았다. 다시 들어가서 혼인 날짜와 그 밖의 일은 처가에서 알아서 채비할 터이니, 그리 알고 기다리시라고 여쭙거라.”

이렇게 소년의 집에서 일을 정하고 돌아가는 길에 신임은,

“너희들 아무한테도 오늘 일을 말하지 말거라. 누구라도 입 밖에 내면 큰 벌을 줄 터이다!”

하고 하인들의 입을 봉해 버렸다.

신임이 집에 돌아갔을 때 또 며느리가 재촉했다.

“아버님, 오늘은 좋은 신랑감을 찾으셨습니까?”

몇십 번이고 입버릇처럼 하는 말이다. 신임은 오늘따라 지긋이 웃으면 말했다.

“그러면, 또 한 번 묻겠다. 너는 어떠한 사윗감을 원한다고?”

뻔히 알고 일부러 묻는 말이었다. 며느리의 대답도 한결같이 똑같았다.

"그러면 안심해라. 오늘에서야 합당한 인물을 발견했고, 또 그쪽 허락도 받아왔다."

그럴 줄 알았다는 듯 신임은 미소를 활짝 띠자, 며느리는 뛸 듯이 기뻐했다.

"그래, 뉘 댁 아드님이며, 그 집은 어디에 있습니까?"

신임은 이 물음에는 대답하지 않고 그저 빙그레 웃기만 했다. 그러다 며느리가 하도 조르자,

"그런 것까지 지금 알 필요는 없다. 이제 자연히 알게 될 것이다."

하고는 더는 알려 주지 않았다.

며느리는 평소 시아버지한테 넋두리처럼 말한 바가 있었으므로 어련하려니 하고 더는 묻지 않았다.

이윽고 납채하는 날, 신임은 더 숨기지 않고 며느리한테 사실대로 말해 주었다. 그러자, 며느리의 낙심은 비길 바 없이 컸다. 하지만 이미 때가 늦었으니, 달리 도리가 없었다.

그래도 한구석 마음에 설마 하는 생각과 궁금증이 자꾸 일어났다. 해서, 급히 늙은 여종을 시켜 남몰래 엿보고 오게 했다. 그런데 여종이 보고 와서 하는 말은 정말 기가 막혔다.

"글쎄 세상에 이런 변괴가 어디 있습니까. 집은 세 칸 초가에 서까래가 드러나고, 부엌에는 이끼가 끼고 솥에는 거미줄이 서리고… 어디 그뿐이겠습니까. 신랑감은 눈이 광주리 같

고, 머리가 쑥대밭 같고, 아무튼 하나도 쓸모와 볼품이 없습니다. 아이고, 우리 아씨! 꽃 같은 우리 아씨가 불쌍해서 못 견디겠어요."

신임의 며느리는 그날부터 낙심한 나머지 눈물로 날을 보내게 되었다. 그러나 혼례식 날이 다가오니 가만히 있을 수도 없었다. 그야말로 눈물을 머금고 정성껏 온갖 채비를 갖춰 주었다.

이윽고 신랑이 장모한테 인사를 하게 되었는데, 신임의 며느리는 새삼 마음이 으스러지는 것 같았다. 가난하고 못생긴 사위에 대한 실망은 곧 그 사위를 원수처럼 여기는 마음으로 변했다. 그뿐인가. 숫제 처가에 붙어살게 된 신랑은 진종일 놀기만 하고, 잠버릇이 또 이만저만 고약한 게 아니었다. 잘 때는 체면 불고하고 큰 마루에 벌렁 누워서 말이 아닌 꼴로 대낮까지 일어나지 않았다. 이 밖에도 장모를 비롯한 처가 식구에게 구박받고 천대받을 만한 짓은 이루 헤아릴 수 없었다.

그러다가 얼마 후 신임이 황해 감사의 명을 받들고 황해도로 가게 되었는데, 무슨 생각에선지 손녀사위인 유낭을 데리고 갔다. 그런데, 황해도에 도착한 유낭은 갑자기 성품이 변한 듯 관가 아래 윗사람과 정답게 사귀고 또 그들의 존경을 받았다.

그해 조정에 먹을 진상하게 되었을 때 신임은 유낭을 불렀다.

"이 중에서 네가 쓸 만한 분량만 골라서 가져도 좋다."

"예, 고맙습니다."

유낭은 서슴지 않고 진상할 먹에서 큰 것 100동(1동은 10개)을 골라 가졌다. 진상품 중에서 제일 좋은 것을 모두 뺀 셈이었다. 신임은 놀랐다. 그렇지만 어찌할 수 없어서 다시 그 수효만큼 만들어 채워야 했다. 그런 일이 있고 유낭은 그 숱한 먹을 모두 관가 벼슬아치들에게 나눠 주었다.

"오라, 이제 보니까, 나 대신 아랫사람을 위해 주자는 뜻이었구나!"

신임은 이렇게 중얼거리며 감탄했다.

이 유낭이 바로 훗날 영의정에 오른 유척기다. 유척기는 신임이 본대로, 또 그 며느리가 원하던 대로 나이 80살까지 내외가 모두 복을 함께 누리고 슬하에는 아들 4형제를 두었으며, 부유하기가 이를 데 없었다. 신임은 그 후 황해 감사를 지내면서 이때 함께 데리고 간 사위 홍익빈의 사람됨을 시험해 보려고 역시 같은 말을 했다.

"자, 여기 임금께 진상할 먹이 있다. 네가 가질 만큼 골라서 가져도 좋다."

그런데 홍익빈은 손녀사위 유척기와 달랐다.

"상감께 진상할 먹을 마음껏 가지라고 하시니, 그랬다가 축이 나면 곤란하지 않습니까?"

이렇게 말하며 여간해서 말을 듣지 않았다. 그러나 장인이 하도 권하는 바람에 마지못하여 큰 먹 2동, 중치 3동, 작은 것 5동만 골라 가졌다. 그 모습을 물끄러미 보고 있던 신임이 혼잣말했다.

"욕심이 없고 절개를 가려 지키니, 어쨌든 너는 조상의 덕으로 벼슬을 얻어 편히 살겠구나."

홍익빈은 과연 그 후 조촐한 벼슬을 얻어 탈 없이 잘 지냈다.

안동 권 참봉

안동 땅에 권씨 성을 가진 노인이 60세에 아내를 잃고 슬하에 자손도 없이 쓸쓸하게 살고 있었다. 그러나 마음씨가 그지없이 인자한 까닭에 그곳 능참봉(임금이나 왕족의 능을 지키는 벼슬)을 지내면서 이웃 사람들의 존경을 받으며 별 탈 없이 살고 있었다.

어느 해던가, 김우항이라는 서울의 벼슬아치가 내려왔다. 나라의 명을 받고 그 능의 관리를 보살피러 온 것이다. 따라서 김우항은 일을 보는 동안 권 참봉과 함께 지내게 되었다. 그런 어느 날 능의 나무를 베었다는 사람이 붙들려 들어왔다. 옷차림이 남루하고 몰골이 몹시 야윈 늙은 총각이었다. 남의 산 나무를, 그것도 나라의 능에 들어와 함부로 베었으니 마땅히 중한 벌을 받아야 했다. 노총각도 물론 그 죄를 알고 아무런 변명도 안 했다. 그러나, 왜 그런지 자꾸만 구슬프게 흐느껴 우는 모습이 몹시 딱해 보였다.

권 참봉은 그런 노총각의 모습을 잠시 살펴보더니 조용한 말로 물었다.

"너의 기색을 보니 결코 상놈은 아닌 듯한데 대체 어찌 된 일이냐?"

뜻밖의 다정한 말을 들은 노총각은 기운이 나는지 몸을 일으켜 앉았다.

"황송합니다. 저의 가문은 여기서 말씀드리기가 부끄러우니 그저 가난한 선비의 자손이라고만 알아주십시오. 다만 지금 73세의 모친을 봉양 중이오나 제가 불효막심하여 나이 30세에 장가도 못 들고, 역시 출가를 못한 35세의 누님과 함께 나무를 하여 간신히 연명하고 있습니다. 요즈음 날씨가 추워서 멀리 가지 못하고 능의 나무를 감히 베었습니다. 죄를 지은 이상 어떠한 벌이라도 달게 받겠으니 부디 사사로운 동정은 말아 주시기를 바랍니다."

말을 마친 노총각은 또 혼자서 흐느껴 울었다.

권 참봉은 갑자기 측은한 생각이 들었다. 그러나 오늘은 서울서 내려온 상전도 곁에 있으니 혼자 결정할 일도 못 되었다.

"어떠하옵니까? 저토록 가련한 처지인데……."

권 참봉은 뒷말을 얼버무렸다. 한 번쯤 용서해 주자는 뜻이었다.

"참봉께서 좋도록 하시구려."

김우항도 같은 생각을 하고 있었던지 찬성의 뜻을 표했다. 그제야 권 참봉은 자세를 꼿꼿이 하고 말했다.

"여봐라! 오늘은 서울서 내려오신 이 어른께서 너를 특별히 용서하라고 하시니 앞으로는 절대로 이런 일이 없도록 하여라. 그리고 이제 쌀과 닭을 줄 것이니 모친께 끓여 드려라!"

노총각은 땅에 엎드렸다.

"감사합니다. 황송합니다. 다시는 나무를 함부로 베지 않겠습니다. 이 은공은 꼭 갚겠습니다."

이런 말을 수도 없이 하고는 쌀 두 말과 닭 한 마리를 가지고 돌아갔다.

그런데 그 후 한 이틀쯤 지나서 또 그 노총각이 붙들려 들어왔다. 이번에도 능의 나무를 베다가 잡힌 것이다. 권 참봉은 괘씸한 생각이 들었다. 그러나 막상 끌어다 놓고 사정을 들어보니 측은한 마음이 들었다.

"전날 용서를 받고 쌀과 닭까지 주신 은혜를 왜 잊겠습니까? 하지만 어제 갑자기 큰 눈이 와서 어쩔 수 없이 또 능에 들어갔습니다."

권 참봉은 이맛살을 찌푸렸다. 한 번이 아니고 두 번이나 범법행위를 했으니, 동정만 할 수도 없는 일이었다. 그렇다고 잡아 가두자니 그 늙은 모친이 당장 굶어 죽을지도 모른다.

권 참봉이 매우 난처해졌을 때 마침 곁에 있던 김우항이 무슨 생각을 했는지 권 참봉 귀에다 이렇게 속삭였다.

"내가 보기에 저 총각은 쌀말이나 닭 몇 마리로 구할 순 없을 것 같소. 내게 한 가지 도리가 있으니 그렇게 해 보겠소?"

"무슨 도리인지요?"

"권 참봉은 지금 마침 홀몸 아니오? 그러니 숫제 저 총각의 누이를 아내로 맞아들이는 것이 어떻겠소."

그러면서, 김우항은 권 참봉의 대답은 듣지 않고 뜰 아래에 꿇어앉은 노총각에게 물었다.

"여봐라! 내가 너를 위해 좋은 도리를 말할 것이니 그대로 하겠느냐?"

권 참봉이 갑작스러운 일이라 어리벙벙하고 있을 때 노총각은 반색하며 대답했다.

"큰 죄를 저지른 몸인데 무슨 일인들 못하겠습니까?"

"네 누이가 40이 가까운데 출가를 못하고 있다고 들었다. 어떠냐? 권 참봉 어른에게 출가시키면 만사 잘 될 게 아니냐?"

"그, 그 말씀이 정말입니까?"

노총각이 얼떨떨해서 말을 못 하고 있을 때 김우항이 말했다.

"이런 일을 농담으로 하겠느냐? 어서 그렇게 하여라."

"예, 알겠습니다. 그렇지만 일단 모친의 승낙을 받은 다음 다시 와서 말씀드리겠습니다."

노총각은 부랴부랴 돌아갔다. 그러는 동안 권 참봉은 미처 말참견할 겨를도 없었다. 다만 김우항만이 마치 자기 일이나 되듯이 너털대고 있었다.

다시 노총각이 헐레벌떡하며 돌아왔다.

"모친께서는 분에 넘치는 일이라고 사양하시다가 제가 간곡히 말씀을 드리자 기꺼이 승낙하셨습니다."

뜻하지 않은 인연으로 노총각의 누이를 아내로 맞이한 권 참봉은 얼마 동안 능에 나오지 않았다. 그때까지도 안동에 머물러 있던 김우항은,

"권 참봉은 오랜만에 가정의 재미를 보는 모양이다."

하며 자기가 주선한 일인 만큼 진심으로 다행하게 여기고 있었다.

그리고 달포쯤 지나 권 참봉이 김우항을 찾아와 밝은 표정으로 말했다.

"덕분에 착한 아내를 얻어 더 이상 바랄 것 없이 행복하게

지내게 되었습니다. 그래서 이젠 시골에 들어앉아서 여생을 조용히 보내려고 작별하러 찾아왔습니다."

김우항은 섭섭했지만, 권 참봉이 늘그막에 사는 재미를 맛보는구나, 생각하고 고개를 끄덕였다.

이런 일이 있고 25년의 세월이 화살처럼 흘러갔다. 그동안 김우항은 벼슬길이 순조로워 마침 안동부사가 되어 또다시 안동 땅에 오게 되었는데, 부임하자마자 맨 먼저 찾아온 사람이 있었다. 다름 아닌 권 참봉이었다. 김 부사는 하도 오래전 일이라서 권 참봉의 일은 까맣게 잊고 있는 터였다. 면회를 신청하는 쪽지를 보고 한참 생각한 끝에서야,

"오, 그 권 참봉이 아직도 살아 있었구나!"

하고 정신이 번쩍 들었다. 그리고,

"어서 그분을 모셔 들어라."

하고는 당시를 손꼽아 보며,

"아마 팔십오 세는 되었을걸!"

하고 감개무량하다는 듯이 혼자 중얼거렸다.

이때 그 권 참봉이 어느새 안뜰로 들어서고 있었다. 그 모습을 본 김 부사는 우선 눈이 휘둥그레졌다. 85살의 호호백발 노인인 줄로만 생각했던 권 참봉이 이게 또 웬일인가! 척 보아도 40세 안팎 같은 건장한 몸으로 지팡이도 안 짚고 꿋꿋이 걸어오는 것이었다. 김 부사는 놀랍고, 반갑고, 또 신기

했다. 벌떡 일어나 버선발로 뛰어 내려가 권 참봉의 손을 잡고 큰사랑으로 데리고 들어왔다.

"권 참봉, 이게 얼마 만이오? 아니, 이런 반가운 일이 또 어디 있겠소?"

김 부사는 권 참봉의 손을 놓지 않고 같은 말을 연신 지껄였다. 권 참봉은 그런 김 부사를 윗자리에 앉게 한 다음 깍듯하게 큰절을 올렸다.

"전날 성주님의 권하심을 입사와 어진 짝을 얻은 일은 무어라 감사할 말씀도 없습니다. 그런데 오늘 이렇게 성주님을 뵙게 된 것은 하늘의 도우심이라 생각합니다."

권 참봉은 진정을 쏟으며 말이 부족할 정도로 고마워했다. 그러나 김 부사는 더 궁금한 일을 서둘러 물었다.

"아니 그것보다 대체 그 후 어떻게 지내셨소?"

"예, 덕분에 시골에 들어앉아 복되게 사는 동안 연이어 두 아들을 얻고 지금도 온 식구가 아무 탈 없이 지내고 있습니다. 게다가 자식놈들은 모두 영리하여 서울 과거에 급제하여 진사가 되어 내일이면 돌아온다는 통지가 왔습니다. 이럴 때 성주님께서 마침 부임하셨으니 어찌 고마운 일이 아니겠습니까. 그래서 어떻게 해서든 성주님을 우리 집에 모셔서 다만 하루라도 즐거움을 함께 나누고 싶은 마음에 이렇게 황급히 달려왔습니다. 부디 일을 보시기 전에 내일 하루만이라도 우리 집에서 보내 주시기를 청합니다."

김 부사는 이 청을 기꺼이 들어주었다. 그리고 이튿날 일찍 권 참봉의 집을 찾아갔다. 읍에서 십 리쯤 떨어진 산골, 수목이 우거지고 온갖 화초가 만발한 곳에 고래 등 같은 기와집이 으리으리하게 들어서 있었다.

대문 밖 멀리까지 마중 나온 권 참봉이 극진한 예로써 김 부사를 맞아들일 때 그 일대에는 소문을 들은 인근 백성들이 구름처럼 모여들었다. 김 부사가 권 참봉의 손에 이끌리다시피 하여 대문을 막 들어서려 할 때였다. 이번에는 서울서 과거에 급제한 두 아들이 돌아오고 있었다.

"새 진사님이 오신다!"

마을 사람들이 외쳤다. 그리고 곧이어 말머리에 백패(진사 급제 증서)를 세운 젊은이들이 위풍당당 나란히 문 앞에 내렸다. 집안 식구보다 구경꾼들의 축하하는 말이 더 떠들썩했다. 경사가 겹친 권 참봉 집은 동네잔치를 벌이고 시간 가는 줄을 몰랐다.

이윽고, 권 참봉이 김 부사 앞에서 새삼스레 바로 앉았다.

"성주님께 감히 한 가지 청을 드리겠습니다."

"무슨 청인지 모르겠으나 우리 사이에 말 못 할 일이 무엇이 있겠소. 어서 말해 보오."

김 부사가 서글서글하게 말했다.

"저희가 오늘날처럼 복을 누리는 것은 모두 성주님의 덕입니다. 그 은공을 온 식구가 한결같이 잊지 않는 처지인데 안 식구들이 인사를 드리지 못하여 매우 안타까워합니다. 그러니 잠깐 내실에 드셔서 절이라도 받아 주셨으면 이보다 더한 고마움은 없겠습니다. 아무리 남녀가 유별하다 해도 성주께서는 이 고을 백성의 어버이시고 더욱 저희에게 베푸신 덕은 부모의 그것과 같사오니 꺼리지 마시고 부디 잠시 내실에 드셔서 인사를 받아 주시기를 바랍니다."

그 시절 남녀의 분별은 심했다. 그러나 김 부사는 이 청을 들어 주었다. 먼저 내실에 들어가니 권 참봉의 부인이 공손히 절을 했다. 말은 비록 안 했지만, 흥건히 고인 눈물에 비길 바 없는 감격이 담겨 있었다. 이어서 젊은 두 여인이 들어와 역시 절을 하고 옆에 다소곳이 앉았다. 권 참봉의 두 며느리였다.

짧은 시간이었지만 세 여인은 말로 표현할 수 없는 고마움을 예의 바른 몸가짐과 표정에 나타내느라고 애를 쓰는 듯했다. 권 참봉은 이내 김 부사를 그 옆방으로 인도했다. 그 방에는 뜻밖에도 뼈만 앙상한 늙은 부인이 창 문지방을 잡고 구부정하게 서 있었다. 김 부사가 첫눈에 본 모습은 형언키 어려울 만큼 괴상하고도 측은했다. 머리털이 거의 다 빠지고, 한 7~8세가량 되는 병 든 어린애 같은 몸집, 그런 사람이 몽롱한 정신으로 무엇인지 사뭇 중얼거리고 있었다. 그러면서도 창문 밖 저 먼 하늘 쪽을 멍하니 쳐다보는 것이었다.

김 부사는 놀랐다. 그러자 권 참봉이 조용히 설명했다.

"놀라지 마십시오. 이 노인이 바로 올해 95세 되는 저의 장모님입니다. 지금 무어라 혼잣말하고 있는 것을 성주님께서는 못 알아들으시겠지만, 다른 말이 아니라 '김우항이 정승을 하소서. 김우항이 정승을 하소서' 하는 것입니다. 25년을 한결같이 입에서 그치지 않고 있습니다."

말을 듣는 동안 김 부사는 가슴이 벅차올랐다. 장래 꼭 정승이 되고 안 되는 것은 문제가 아니다. 지금 당장 눈에 보이는 이 노인의 지성에 너무나도 감동한 것이다.

이런 일이 있고 난 후 김우항은 안동부사로 있을 때는 물론이거니와 임기를 마치고 서울에 돌아간 후에도 다시는 권 참봉을 만나지 못했다. 권 참봉이 한 번도 찾아오지 않아서 더러 궁금히 여길 때도 있었지만,

"그만하면 복되게 잘 살겠지."

하고 무소식을 희소식으로 안심하고 지냈다.

그러다가 김우항은 뒷날 마침내 정승 벼슬을 하게 되었다. 권 참봉의 장모인 노부인이 축원하던 대로 된 셈인데, 그때까지도 김우항은 권 참봉의 소식을 도무지 들을 수 없었다.

숙종 임금도 어느 날 김우항에게 권 참봉의 이야기를 듣

고,

“허 참, 세상에는 기특한 사람도 있구나!”

하며 한 번 만나 볼 생각을 하였으나 역시 찾아볼 길이 없었다. 그러다가 어느 해 우연히 안동 권 참봉의 손자가 과거에 합격한 일을 알게 되었다. 이때 그 권 참봉은 이미 편안히 여생을 마치고 그의 두 아들은 또 벼슬에 뜻이 없어서 한가하게 지낸다는 말만 들었다. 숙종 임금은 권 참봉의 손자에게 특별히 ‘재랑’이라는 벼슬을 주었다고 한다.

어사 박문수

조선 시대에 박문수란 사람이 있었다. 암행어사로 이름을 떨친 사람이다. 암행어사란 쉽게 말해서 임금의 비밀 명령을 받고 전국 각 지방의 정치와 백성의 형편을 몰래 살펴서 바로 잡는 사람이다. 아래로는 백성들의 잘살고 못사는 형편에서, 위로는 그 고을을 다스리는 관리들의 착하고 악하고를 확실히 가려내며, 때로는 임금 대신 처리하는 권한을 행사할 수 있었다. 따라서 암행어사가 되면 첫째 학문도 학문이려니와 더욱 충성과 절개와 정의를 위한 용기, 그리고 뛰어난 슬기가 있어야 했다. 옛날 임금들이 곧잘 암행어사를 몰래 보내서 나랏일을 바로 잡은 일은 역사 기록에도 많이 실려 있다. 그리고 암행어사들에 의하여 생긴 우습고 통쾌한 이야기도 오늘날까지 허다하게 전해져 내려오고 있다. 그중에서 암행어사 박문수의 이야기는 재미있는 내용이 많다. 암행어사 박문수의 이야기를 추려서 몇 가지 소개한다.

첫 번째 이야기는 지혜와 용기가 뛰어난 박문수가 평생 한탄해야 했던 일종의 실패담이다.

해가 막 서산마루에 넘어가려는 어느 날이었다. 어사 박문수는 혼자서 어둠이 깃드는 잔솔밭 길을 걷고 있었다. 물론 어사의 신분을 숨긴 채 이웃 고을의 형편을 염탐하러 가는 길이었다. 날씨가 몹시 추워서인지 길에는 사람 그림자 하나 보이지 않았다.

'해가 지기 전에 잘 곳을 찾아야 하겠다.'

주위를 살피며 길을 서두르는데 앞에서 한 농부가 헐레벌떡 뛰어왔다. 그 모습이 마치 사나운 짐승이나 도둑에게 쫓기는 것 같았다. 아니나 다를까. 농부는 박문수 앞에 도착해 비틀거리면 쓰러지려 했다.

기진맥진한 농부는 거친 숨을 가다듬지 못하고 박문수의 옷자락을 붙잡고 매달렸다.

"어느 분인지 제발 저를 살려 주십시오, 붙잡히면 맞아 죽습니다."

하다가 문득 비탈 그늘에 있는 깊숙한 구덩이를 발견하더니,

"저 속에 들어가 숨겠습니다. 그놈들이 와서 묻거든 모른다고 해 주십시오."

하기가 바쁘게 구덩이 속으로 숨어 들어갔다.

"염려 마오."

뭔가 사정이 있으려니 하면서 박문수가 그리 말하고 계속 길을 가는데 서너 명의 흉악하게 생긴 장정들이 몽둥이와 칼을 들고 바람처럼 쫓아왔다.

"여보시오. 지금 어느 놈이 이리로 도망해 왔는데 어디 숨었소?"

장정들의 목소리가 마치 호통 소리만 같았다.

"글쎄, 난 못 보았소만……."

박문수는 얼결에 고개를 저었다.

"거짓말 말아라. 외길에서 그놈을 못 봤다니! 자, 어서 말해라. 안 가르쳐 주면 너를 대신 죽이겠다!"

악한들은 박문수의 멱살을 잡고 칼을 번쩍 쳐들었다.

박문수는 난처했다. 아무리 암행어사인들 이렇게 되어서는 달리 도리가 없다. 그래도 차마 말은 못 하고 눈이 저도 모르게 그 구덩이 쪽으로 향했다. 물론 가르쳐 줄 생각은 아니었지만 엉겁결에 한 번 살펴보았을지도 모른다. 그러나 이것만으로 악한들이 눈치를 챈 것은 당연한 일이다. 잡았던 손을 탁 놓으며,

"옳지, 저기 숨었구나!"

하고 일제히 구덩이 쪽으로 몰려갔다.

박문수는 아차 하였으나 때가 늦었다. 큰 실수를 한 줄 알고 끔찍한 광경을 피할 생각으로 달음질쳐 비탈길을 내려갔다. 바로 등 뒤에서 무서운 비명이 쫓아오듯이 들렸다.

그 농부는 악한들에게 목숨을 잃었을지도 모른다. 한때 얼떨떨해서 죄 없는 사람을 죽이게 한 것은 박문수가 두고두고 뉘우쳐도 돌이킬 수 없는 실패였다. 더구나 뒤에 생각난 일이지만, 그때 만약 박문수가 눈이 먼 소경이나 귀먹은 행세만 했더라도 억울한 사람의 목숨을 살렸을지도 모를 일이다.

내용은 전혀 다르지만, 이것도 박문수가 약간 난처했던 이야기다.

어느 날 산골 마을 글방에 찾아들어서 보니까 선생은 보이지 않고 아이들만이 시끄럽게 떠들면서 놀고 있었다. 다시 가만히 보았더니 아이들은 요즘 말로 해서 '재판 놀이'를 하려던 참이었다. 박문수는 글방 한구석에 가만히 앉아서 구경했다.

그 중의 똘똘한 아이가 원님으로 뽑혀 높다란 자리에 앉았다. 그리고 나머지 몇몇이 그 좌우로 늘어섰다. 이때 한 아이가 원 앞에 나와 무릎을 꿇었다.

"원님께 부탁드립니다. 제가 기르는 새가 산으로 날아 도망갔습니다. 제발 그 새를 붙잡아 주십시오."

이 말을 들은 박문수는,

'이거 매우 어려운데, 내가 그런 부탁을 받았으면 어떻게 할 것인가?'
하고 혼자 생각해 보았다.

그리고 원이 된 아이가 어떻게 판결하나 무척 궁금하게 생각했다. 그동안 무엇인가 잠깐 생각하던 원님은,

"새가 산으로 도망갔단 말이지? 그렇다면 새를 숨긴 놈은 산이다. 너는 어서 가서 그 산을 데리고 오너라. 내가 당장 꾸짖어 돌려주도록 하겠다."
하고 수월하게 말했다.

박문수는 무릎을 치며 감탄했다. 그런데 다음 순간 박문수는 뜻밖의 일을 당하게 되었다. 저도 모르게,

"그 녀석 참 똑똑하다!"
하고 칭찬하는 말이 튀어나온 것이다. 원님 역을 하던 아이가 벼락같이 호통을 쳤다.

"어서 저놈을 잡아다 가두어라! 엄숙한 재판장에서 떠든 죄는 용서할 수 없다."

명령이 내리기가 무섭게 다른 아이들이 우르르 달려들었다. 그리고 다짜고짜 박문수를 밧줄로 옭아매더니 등을 밀어 밖으로 나갔다. 박문수는 기가 막혔다. 그러나 아이들 놀이가 하도 진지해서 아무 소리 않고 하는 대로 내버려두었다.

아이들은 박문수를 뒤꼍 변소 겸 잿간에 밀어 넣었다. 여기가 바로 감옥이라는 곳이었다. 여느 사람 같으면 벌써 아이들을 꾸짖든지, 혹은 소란 같은 것을 벌였을지 모른다. 그러나 박문수는 끝까지 두고 볼 생각을 했다.

'그래 내가 잘못했어. 아무리 아이들의 놀이라도 엄숙해야 할 장소임은 틀림없거든. 그렇더라도 그 아이는 참 대단한걸.'

변소에 갇힌 박문수는 이렇게 중얼거리면서 싱글싱글 웃었다. 실상 원님 역을 하는 아이한테 마음이 쏠렸고, 이제 또 어떻게 하려나 하는 호기심이 컸기 때문이다.

이렇게 혼자 생각하고 있을 때 원님 역을 하는 아이가 찾아왔다. 아이는 아무 말 않고 공손히 머리를 숙이더니 밧줄을 풀었다. 그리고 다시 사랑방에 모셔다 앉힌 다음 또 한 번 공손히 절했다.

"방금은 제가 너무도 무엄한 짓을 하여 죄송스러웠습니다. 사실은 비록 저희처럼 철없는 아이들의 놀이라 하더라도 그 장소에 서는 엄숙한 태도로 법을 지켜야 했던 것입니다. 부디 용서하여 주십시오."

박문수는 얼굴에 웃음이 활짝 피웠다. 그 소년의 말하는 태도와 말의 뜻에 한층 탄복하지 않을 수 없었다. 박문수는 영특한 소년을 꾸짖기는커녕 즐거운 마음으로 칭찬했다.

"네 말이 옳다. 나라의 법은 관리와 백성이 모두 지켜야 한다. 그런 뜻에서 비록 한때의 놀이라도 진실하게 한 너는 참으로 훌륭하다. 오히려 내가 너에게 용서를 구하고 싶다."

훗날 박문수가 이 아이를 서울로 데려와 공부시켰다는데, 그 후의 기록은 보이지 않는다.

또, 이런 일도 있었다.

이번에는 경상도 형편을 살피러 다닐 때다. 진주 땅 시골에서 길을 잃고 헤매던 중 어느 가난한 오막살이집에 찾아들었다.

박문수가 잠시 쉬어 가기를 청하였더니 나이 십 칠팔 세가량 되는 소년이 나왔다. 소년은 두말 않고 박문수를 좁디좁은 방으로 안내했다.

"집이 가난하여 끼니를 제대로 잇지 못하는 터라서 진지는 올리지 못하지만, 편히 쉬었다 가십시오."

"나는 지금 시장해서 참을 수가 없다. 그렇지만 사정이 그렇다니 하는 수 없구나."

박문수는 이렇게 말하면서 피곤한 몸을 옆으로 뉘었다. 소년은 몹시 딱한 표정을 지으며 가끔 천장 쪽을 힐끔힐끔 쳐다보았다. 박문수가 그쪽을 쳐다보니까 시렁 위에 조그마한 종이봉투가 얹혀 있었다.

'대체 저것이 무엇이길래 저럴까?'

괴이하게 여기던 참에 소년은 벌떡 일어서더니 그 종이봉투를 가지고 나갔다. 그리고 곧이어 부엌 쪽에서 모친과 주고받는 이야기가 들렸다.

"어머니 지금 길 가는 나그네 한 분이 오셨는데 대단히 시장해 보입니다. 그래서 이 쌀로 밥을 지어 드리면 어떨까 합니다."

"그것도 좋은 일이다. 하지만 너의 아버지 제사는 어떻게 하니?"

"예, 그렇지만 당장 배고픈 사람을 버려둘 수 있습니까?"

어머니의 말소리는 한참 후에 들렸다.

"그래라. 좋은 일 때문에 제사 진지를 못 잡수시는 것이니 용서하실 게다."

박문수는 측은한 생각이 들었다. 조금 후 소년은 아무 일도 없었다는 듯이 다시 방으로 들어왔다.

"아까 너와 모친의 말을 모두 들었다. 나는 상관없으니 그 쌀은 제사 때 쓰도록 하여라."

소년은 안쓰러운 표정으로 아무 말도 하지 않았다. 하지만 부엌에서는 벌써 밥 짓는 기척이 들려왔다.

박문수는 할 수 없이,

"이거 뜻하지 않던 폐를 끼치게 되었구나. 그건 그렇고, 괜

찮거든 네 신세나 말해 주려무나."
하고 말했다.

소년은 그제야 옷깃을 바로잡고 앉았다.

"이미 들으셨으니 바른대로 말씀드리겠습니다. 실은 제가 용렬해서 한 분 계시는 모친과 누님을 항시 굶주리게 하고, 또 돌아가신 부친의 제사도 격에 맞춰 지내지 못합니다. 그래서 평소 조금씩 쌀을 한 줌 봉지에 넣어 간직해 두었다가 간신히 진짓상에 올리고 있습니다."

박문수는 크게 감동되고 또 더욱 미안했다.

"그것참 딱한 사정이다. 공연히 찾아들어 너의 그 효성을 헛되게 하였구나!"

"아니옵니다. 제가 오히려 송구스럽습니다."

"그래, 너는 성이 무엇이냐?"

"네, 성은 박가이옵니다."

"허, 그러면 나와 같은 성이로구나."

막 이렇게 얘기할 때 갑자기 밖에서,

"예, 박 도령아. 어서 나오너라!"
하고 매우 우락부락한 말소리가 들려왔다. 박 도령은 기겁하며,

"여보시오! 오늘은 손님이 와 계시니 내일 아침까지 참아 주시오."

하고 자리에서 일어서려 했다.

박 도령이 당황하는 모습을 이상하게 여긴 박문수가 그를 붙잡아 앉혔다.

"누구냐?"

"예, 건넛마을 좌수(군수 밑에서 일보는 관리)의 하인입니다."

"좌수의 종이 왜 저토록 도도하게 구느냐?"

"다름이 아니오라 저는 좌수의 딸과 어릴 때 정혼했습니다. 그러나 우리 집이 갑자기 몰락하자 좌수가 멋대로 파혼했을 뿐 아니라, 그동안 꾸어다 쓴 돈 300냥을 갚으라고 저를 자주 불러 조르고 욕설을 퍼붓곤 합니다. 그래서 오늘도 절 데리러 온 것 같습니다."

이야기를 듣고 박문수는 벌떡 일어나 밖으로 나갔다.

"여봐라, 네가 좌수의 종놈이냐? 나는 박 도령의 삼촌 되는 사람이다. 오늘은 내가 대신 가겠으니 어서 길을 인도하라!"

좌수의 하인은 난데없는 박 도령의 삼촌이 나타나 어리둥절했다. 그러나 누더기 옷차림과는 달리 어딘지 범치 못할 위엄을 느끼고서는,

"예, 그렇게 하겠습니다."

하고 박문수를 데리고 갔다.

박문수가 좌수의 집에 와 보니까 마치 무슨 잔치 때처럼 사랑방에 손들이 들끓고 있었다. 좌수는 박 도령 집에 갔던 하인을 보자마자 사랑방 아랫목에서 소리를 질렀다.

"그래, 박 도령은 데려왔느냐?"

하인이 대답도 하기 전에 박문수가 방 미닫이문을 활짝 열고 썩 들어갔다. 그리고 여럿이 어리둥절하는 동안 좌수를 떠밀다시피 하고 그 자리에 앉았다.

손들이 깜짝 놀라고 좌수는 더욱 기가 질렸다. 그러나 다음 순간 거지 같은 옷차림을 보고서는 바로 서슬이 시퍼레졌다. 그러자 박문수가 먼저 좌수를 위엄 있게 노려보았다.

"나는 박 도령의 삼촌이다. 우리 집안으로 말할 것 같으면 당당한 양반이며 행세하는 가문이다. 너는 한낱 좌수로 우리와 혼인하게 된 것을 영광으로 알아야 옳거늘, 어찌 가세가 빈곤하다고 약속을 어겼으며, 또 어찌 일단 선사한 돈을 갚으라고 무례하게 구느냐! 뿐인가. 툭하면 박 도령을 잡아다가 욕을 뵈니 참말로 괘씸한 놈이다. 그런 자세로 한 고을 관리로 행세하다니, 너의 다른 행실은 가히 짐작할 수 있다!"

서릿발 같은 호령이었다. 그리고 도리에 꼭 맞는 말이다. 그보다도 그 위엄이 마치 상전의 상전만 같다. 그래서인지 당장 기가 질린 좌수는 분풀이를 다른 곳에 옮기듯이 그 하인을 보고 호통을 쳤다.

"이놈아! 너 보고 박 도령을 잡아 오랬더니 어디서 뚱딴지처럼 미친놈을 데려왔느냐!"

이 바람에 그 하인은 물론이거니와 다른 하인들까지 정신을 번쩍 차리고 방으로 우르르 뛰어들었다. 물론 박문수를 당장 밖으로 끌어내거나 때려 줄 생각이다.

이때 박문수가 한층 소리를 높였다.

"이놈들아! 이것이 눈에 뵈지 않느냐!"

박문수는 이내 허리춤에 찼던 마패를 풀어 방바닥에 탁 놓았다. 말할 것도 없이 암행어사의 표지이다.

"이놈들 뉘 앞이라고 감히 항거하느냐!"

박문수가 또 한 번 호령했다. 하지만 이렇게 호통칠 필요는 없었다. 벌써 거기 있던 모든 사람이 기절할 듯이 놀라며 일제히 꿇어앉았다. 좌수는 더욱 낯이 새파래져 머리가 깨지라고 방바닥에 조아렸다. 산 정신이 아니었다.

"죽을죄를 지었습니다. 그저 목숨만 살려 주십시오."

좌수가 진땀을 흘릴 때 다른 사람들은 하나둘씩 슬그머니 꽁무니를 뺐다. 박문수는 그것을 본 척도 안 하고 좌수만 호되게 다루었다.

"약조대로 박 도령을 사위로 삼으렷다?"

"예, 예, 이를 말씀이옵니까?"

"내가 어사의 신분으로 다스리는 게 아니라 인륜을 내세워서 하는 말인 줄도 알겠느냐?"

"예, 감사합니다."

"그리고 또 한 가지, 듣자니 내일모레 딴 사위를 얻게 되었다는데 그것이 사실이냐?"

"그러하옵니다마는 그 사람과 당장에 파혼하겠습니다."

"음, 마땅히 그래야지. 하지만 그렇게 한다면 너는 한 번 실수로 말미암아 공연한 사람을 또 골탕 먹이게 되지 않느냐?"

사실 이것도 문제였다. 좌수가 새삼 난처해서 우물쭈물할 때, 박문수가 갑자기 부드럽게 말했다.

"걱정할 것 없다. 내가 잘 처리해 보겠다."

"무슨 도리가 있으십니까?"

"그 일은 이렇게 해라. 박 도령의 나이 찬 누나가 마침 가난한 탓으로 시집을 못 가고 있다. 그러니 그 사람을 그리로 장가들이면 이 일 저 일이 모두 잘 될 게 아니냐?"

생각하면 좀 우스운 일이고 또 박문수의 장난기가 섞인 처사 같기도 하다. 그러나 옛날에는 거의 부모의 명에 따라 상대를 보지도 않고 혼인했던 만큼 그때 처지로서는 그럴싸하였을 것이다. 하물며 임금의 명령을 대신할 수도 있는 암행어사의 처분이다.

이리하여 박 도령은 좌수의 딸과 혼인하고, 박 도령의 누이는 좌수의 사위가 될 뻔한 부잣집 총각에게 시집을 갔다고 한다.

오가 처의 지혜

오가 성을 가진 젊은이가 있었다. 기골이 건장하고 성품이 정직했지만, 배운 것이 없어 아내의 덕으로 놀면서 지내야 했다. 아내는 마침 서울 어느 재상집의 하녀 노릇을 하고 있었다. 상냥하고 착실한 까닭에 재상 내외의 사랑을 받았고 또 그간 부지런히 저축한 돈도 퍽 많았다. 그러는 동안에도 아내는 남편을 조금도 타박하지 않고 극진히 위했다. 아내는 남편이 '장차 반드시 크게 될 사람'이라고 믿고 있었던 것이다.

어느 날 아침, 아내는 묵직한 엽전 꾸러미를 남편에게 내놓았다.

"당신은 세상 물정에 어두우니 이 돈을 가지고 나가 쓰면서 배워 오도록 하셔요."

그러나 남편은 돈을 한 푼도 쓰지 않고 돌아왔다.

"집에서 좋은 음식을 배불리 먹은 탓인지 먹고 싶은 것이 있어야지."

"그렇다면 길거리 거지한테라도 주었으면 좋을 걸 그랬어요."

"그건 미처 생각 못 했구려."

이튿날부터 오가는 그 말대로 했다. 날마다 돈을 가지고 나가서 거지들에게 훌훌 뿌려 주었던 것이다. 그러다가 하루는,

'이렇게 헛돈을 버리느니, 차라리 활 쏘는 한량하고 사귀어 보자.'

하고 생각했다.

이번에는 술과 고기를 사 가지고 활터에 가서 숱한 한량들과 사귀었다. 사귀고 보니 과연 재미도 있고, 또 그들과 우정이 차츰 두터워져 갔다. 여기에 재미를 붙인 오가는 더욱 범위를 넓혔다. 한량뿐 아니라 글 하는 선비로서 궁한 이가 있으면 기꺼이 식량과 학 비를 도와주었다.

"참으로 갸륵한 사람이다."

이런 칭찬이 자자해질 무렵, 아내는 비로소 남편에게 한 가지 일을 권했다. 일이란 다른 게 아니었다.

"자, 이제부터는 사귄 분들과 함께 글공부하고 또 병법 책

도 열심히 배우도록 하셔요."

아내가 생각한 대로 오가는 글재주가 없지는 않았다. 불과 몇 달 만에 역사, 정치, 군사학 같은 것을 대충이나마 올바르게 깨닫게 되었다.

그러자 아내가 또 권했다.

"앞으로는 공부하기는 틈틈이 활쏘기, 칼 쓰기 같은 무술 공부를 하셔요."

오가는 한량들에게 활과 칼을 배웠다. 본인이 재주가 있었고 또 한량들이 열심히 가르친 덕으로 이것 역시 불과 몇 달 후에는 당할 상대가 없게 되었다. 가난한 선비에게 배운 병법 책도 물론 환히 익혀 버렸다.

그러나 오가와 아내는 그 일을 자랑하지 않았을 뿐만 아니라 그해 무과 시험에 합격하고도 주인 재상에게 알리지 않고, 또 벼슬자리마저 사양했다. 대체 오가의 아내에게 무슨 계획이 있는지 알 도리가 없었다. 물론 오가 자신도 이상했을 것이다. 그러나 원래가 말 없고 착하며 또 아내의 일을 갸륵히 여기는 터인지라 묵묵히 따랐다.

하루는 아내가 오가에게 이렇게 말했다.

"그동안 당신에게 쓴 돈이 7천 냥입니다. 원래 모아 두었던 1만 냥 중에 이제는 3천 냥밖에 남지 않았으니, 장사를 해 보셔요."

뜻밖의 일이라 오가는 얼떨떨했다.

"내가 장사를 어떻게 하오?"

"올해는 대추가 흉년인데 충청도 지방만 풍년이라니 1천 냥을 가지고 가서 사 오셔요."

오가는 그 말대로 충청도에 갔다. 그러나 막상 가 보니 마침 큰 흉년이 들어 곳곳에 굶는 사람들이 부황증에 걸려 고생하고 있었다. 불쌍한 생각을 참지 못한 오가는 대추 살 돈을 몽땅 뿌려 주고 맨손으로 돌아왔다. 그러나 아내는 조금도 나무라지 않고 다시 1천 냥을 내주었다.

"들은즉, 황해도에 면화가 풍년이라니 이걸로 면화를 사 오셔요."

그런데 오가는 이번에도 충청도 때와 같이 맨손으로 돌아왔다. 그래도 아내는 책하지 않았다. 다만,

"여기 이것이 마지막 1천 냥이어요. 그러니 이번만은 꼭 성공하셔요."

하고 신신당부했다.

이번 장사란 서울에서 헌 옷을 사서 함경도 지방에 가서 팔고, 대신 그곳의 약초와 모피를 사들여 오는 일이었다.

오가는 헌 옷 수십 짐을 이끌고 함경도에 오게 되었다. 아내의 말대로 그곳은 면화가 귀한 까닭인지 추운 겨울에도 시골 사람들은 거의 벌거벗고 사는 형편이었다. 여기서 오가는

또 불쌍한 생각이 들었다. 아내의 간절한 부탁을 잊은 바는 아니지만, 차마 그대로 볼 수 없어서 만나는 사람마다 선뜻 선뜻 옷을 내주었다. 물론 돈 한 푼 안 받고 거저 준 것이다.

함경도 안변 땅에서 시작하여 육진이란 곳에 이르렀을 때 손에 남은 옷이라고는 치마와 바지 한 벌밖에 없었다.

"아무리 좋은 일이라 해도 이렇게 아내의 막대한 재산을 다 써 버렸으니 돌아갈 낯이 없구나! 차라리 산짐승의 밥이 되어 버려야겠다."

오가는 한밤중에 깊은 산골짜기를 헤맸다. 그러다가 오막살이 한 채를 발견했다. 기울어져 가는 오막살이에는 노파가 혼자 앉아 있었는데 이 노파 역시 누더기 홑 옷으로 벌벌 떨고 있었다.

"하룻밤 쉬어 갑시다."

오가가 이렇게 청을 하자 노파는 깜짝 놀라더니 바로 반갑게 맞아 주었다.

"이 밤중에 이런 곳에서 길을 잃으신 모양이니 얼마나 고생하셨소?"

노파는 대답도 듣지 않고 부지런히 음식을 차리기 시작했고 오가는 몹시 고맙게 여겼다. 그래서 밥상을 받으며 한 벌 남은 치마와 바지를 내놓았다.

치마와 바지를 본 노파는 눈이 휘둥그레졌다.

"아이고! 이런 귀한 옷을 나한테 주다니!"

노파가 즐거워하며 옷을 입어보는 동안 밥상을 훑어보던 오가는 깜짝 놀랐다. 밥은 감자와 조밥투성이였으나 거기에 차려 놓은 반찬이 모두 인삼, 그것도 커다란 산삼 나물이었기 때문이다.

'이렇게 귀한 산삼으로 나물을 해 먹다니? 모르는 것이 아닐까?'

오가는 한동안 벌린 입을 다물지 못했다.

"할머니, 이 나물은 어디서 났소?"

오가가 묻자 노파가 말했다.

"바로 집 뒤에 도라지밭이 있다오. 맛이 하도 좋아 날마다 캐어 먹는다오."

노파는 그것이 산삼이라는 사실을 전혀 모르는 것 같았다.

"집에 캐어 둔 것이 또 있거든 어디 좀 봅시다."

노파는 서슴지 않고 응낙했다. 오가는 노파를 따라 헛간에 가 보고 또 한 번 놀랐다. 거기에는 이미 캐어다 둔 산삼이 열 단도 넘었다. 작은 것은 손가락 크기, 굵은 것은 팔뚝만 한 것들이었다. 그런데 멀리서부터 묵직한 발소리가 들려왔다. 오가는 가슴이 덜컥 내려앉았다.

"우리 아들이 이제 돌아오는 모양이니 염려 말아요."

노파는 안심시키며 아들 얘기를 해줬다.

노파의 말에 의하면 아들은 갓 낳았을 때 겨드랑이에 날개가 솟아 가끔 벽에 날아가 붙곤 했다. 좋지 못한 징조 같아서 쇠를 달궈 지졌는데 날개는 그럴 때마다 다시 솟았다. 그러면서 힘이 어찌나 세어졌는지 호랑이도 산 채로 거뜬히 잡아올 만했다. 그 모습을 본 노파 부부는 아들이 장차 큰일을 일으키지 않을까 싶어 이 산골로 찾아들어 세상과 인연을 끊었다. 그러다가 남편이 먼저 죽고 이제는 모자 둘이 살고 있다는 것이다.

"다행히 사냥을 잘해서 굶지는 않는다오."

노파가 말을 마쳤을 때 바로 그 아들이 돌아왔고, 귀한 옷을 준 데 대해 우람한 몸집을 굽혀 사례했다.

이튿날.

아침 오가가 아들을 길잡이 삼아 도라지밭에 나가보니 과연 온 산이 크고 작은 산삼으로 꽉 차 있었다. 노파의 아들과 함께 하루 종일 캐낸 산삼은 굵은 것만으로 대여섯 짐은 실히 되었다. 아들은 힘들이지 않고 산삼을 등에 지더니 오가를 원산 고을 밖까지 데려다주었다. 오가가 고맙다는 인사를 하려던 순간에 괴상한 일이 생겼다. 그 아들이 온데간데없이 사라진 것이다.

'어쩌면 그 모자가 모두 이 세상 사람이 아닐지도 모른다.'

오가는 돌아와서 아내에게 자초지종을 이야기했다. 아내

는,

"당신이 쌓은 덕을 기특하게 여겨 하늘이 주신 상인가 봐요."

하며 기뻐했다.

그러나 아내는 이 일을 숨기고 때가 오기를 기다렸다. 그러다가 주인 재상의 환갑 잔치 때 그중 좋은 산삼을 열 뿌리를 가져다 바쳤다.

"소인의 남편이 대감께 드리려고 애써 구한 것이오니 받아 주십시오."

재상이 뜻하지 않던 산삼을 얻어 기뻐한 것은 말할 필요도 없다. 자리를 같이한 손들도 무릎을 치며 탄복하고 또 부러워했다. 그제야 아내는 남편의 일을 낱낱이 고했다. 그리고 그 자리에 있던 여러 대신에게 산삼을 고루 나눠 주었다.

모두 눈이 휘둥그레질 만큼 놀라며 기뻐했다. 그뿐인가. 정작 오가를 만나 보고서는,

"세상에 이토록 성실하고 씩씩한 무인은 처음 보았다!"

하며 입을 모아 칭찬했다.

오가가 무과에 합격한 줄 알았기 때문만은 아니었다. 아내가 정성 들여 지은 무관의 예복을 입은 오가의 모습은 정말로 훌륭하기 짝이 없었다. 오가가 주인 재상을 비롯하여 여러 대신의 주선으로 무관 벼슬에 오른 것은 당연한 일이다.

오가는 그 후 공을 많이 세워 수군 제독까지 지냈다. 그리고 80살의 나이로 세상을 조용히 떠날 때까지 아내를 끔찍이 존경하고 위했다.

의로운 머슴

황해도 연안 땅에 오래전에 벼슬을 그만둔 선비가 살고 있었다. 그는 원래 가세가 넉넉지 못한 데다가 성품이 매우 깨끗해 항상 가난 속에 시달렸다. 부인과 딸, 세 가족이 얼마 안 되는 땅을 의지하며 간신히 끼니를 때웠는데, 농사일은 연립이라고 하는 젊은 머슴이 맡아서 했다.

연립은 여느 사람과 비교해 몸집이 배나 커서 힘이 넘쳤고, 한 번 마음이 내키면 남보다 열 곱의 일을 했다. 그런데 문제는, 세 사람 몫의 밥을 먹어 치우면서도 천성이 게을러서 일을 통 안 하려 드는 것이었다.

부잣집이라면 모르되 가난한 집에서 이런 머슴은 귀찮은 존재로 여길 수밖에 없었다. 그렇다고 내쫓자니 갈 데가 없다. 아무도 겁을 먹고 데려가지 않기 때문이었다.

어느 날 주인 선비가 신병을 앓다가 세상을 떠났다. 마침 먹을 것도 다 떨어졌을 때이고 가까운 곳에 일가친척도 없고 해서 뒤에 남은 모녀는 그저 울기만 했다. 그토록 게을렀던 연립도 이번만은 사정이 딱했는지 진심에서 위로했다.

"돌아가신 분의 장례가 더 급합니다. 만약 지금 가진 돈이 없으시거든 옷가지나 패물 같은 것으로 돈이 될 만한 것을 주십시오. 제가 그걸 가지고 장례를 치러드리겠습니다."

부인은 그제야 눈물을 거두고 얼마 안 되는 패물과 옷가지를 내주었다. 이것을 가지고 나간 연립은 장에서 돈으로 바꿔 돌아오는 길에 두꺼운 널빤지 넉 장을 사 짊어지고 왔다. 그리고 손수 쓸 만한 관을 짰다. 그런 후 산소 자리를 찾는데 선비의 집에 그러한 땅이 없어 하는 수 없이 이웃 마을 부잣집을 찾아갔다.

"사정이 이런데 산소 자리를 한 곳 떼어 줄 수 없겠습니까?"

부자는 인색한 사람이라서 선뜻 청을 들어주지 않았다. 그러자 연립이 눈을 부릅떴다.

"누가 거저 달랄 줄 아시오? 그 대신 석 달 동안 품삯 없이 부지런히 일을 해 드리겠소!"

이 말에 부자는 마지못하여 연립의 청을 받아 주었다.

이렇게 해서 얻은 산소 자리에 연립은 혼자 힘으로 주인 선비의 장례를 정성껏 치렀다. 그 후 약속대로 부잣집으로 가서 석 달 동안 열심히 일해 주었다.

기한을 마치고 온 연립은 선비의 부인에게 말했다.

"이곳 인심이 좋지 못합니다. 저와 함께 다른 곳으로 가서 몇 해 농사를 지으면 어떻습니까? 제가 있는 힘을 다해 보겠습니다."

부인은 그 말을 믿고 먼 시골로 이사했고, 그때부터 게으름뱅이 연립은 사람이 달라졌다. 아침 이슬, 저녁 안개를 벗 삼아 나가고 돌아오면서 있는 힘을 다해 일했고, 어디서 배웠는지 농사일에 남달리 솜씨를 발휘해 3년이 못 되어 그 고장에서도 부유하다는 말을 듣게 되었다. 그뿐만 아니라 주인을 위해 무슨 일이든 자기 몸을 아끼지 않고 부지런히 일해서 어느 틈에 그 고을 사람들의 칭찬을 한 몸에 받게 되었다. 그래도 연립은 손톱만큼도 자랑하지 않았다. 물론 생색 같은 것도 내지 않았다. 몇 년을 하루처럼 부지런히 일만 했다.

어느 해, 연립은 또 부인에게 이런 의견을 냈다.

"이만하면 아가씨를 장래성 있는 사람한테 출가시켜야 하지 않습니까? 제가 직접 서울에 올라가서 신랑감을 골라 보겠습니다."

아가씨는 바로 부인의 외동딸인데, 이때 벌써 나이가 차 있었다. 부인의 승낙을 얻은 연립은 서울에 올라가 신랑감을 고르느라 바쁜 날을 보냈다.

그런데 연립은 무슨 이유에선지 알아볼 만한 친척, 혹은 고관대작의 집은 얼씬도 안 했다. 그저 날마다 옛날에 가문 좋은 집안이었다가 지금은 형세가 몰락한 선비의 아들만을 물색하는 것이었다. 물론 자기 나름대로 생각하는 바가 있었던 모양이다.

어느 날 연립은 다 허물어져 가는 오막살이에서 누추한 옷차림의 총각을 발견했다. 연립은 첫눈에 그 총각이 마음에 썩 들었다.

'옳지. 이 총각은 장래 꼭 크게 될 인물 같다.'

연립은 이튿날 배장수로 가장하고 그 집을 찾아갔다. 그리고 배를 거저 주면서 여러 가지 일을 물었다. 옛날에 유명하였던 재상의 후손이라는 그 총각은 생각했던 대로 매우 총명했다. 연립은 크게 기뻐했다. 그리고 비로소 온 뜻을 말하여 총각의 부모에게 승낙받은 후 시골에 있는 부인에게 시급히 통지했다. 연립을 하늘처럼 믿게 된 부인이 이것을 반대할 리가 없었다.

이리하여 이영산이라는 그 총각은 부인의 딸을 아내로 맞이했다. 그리고 그 후 이영산은 바로 과거에 급제하더니 벼슬이 순조롭게 올라갔다. 또 재주와 용기가 비상하여 맡은 바 일에서 공을 많이 세웠다.

이 무렵 나라 안은 광해군으로 인해 몹시 어지러웠다.

"광해군을 몰아내고 어진 임금을 세우자. 그래야 나라가 바로 잡힌다."

이러한 움직임이 차차 세차게 일어나기 시작했다.

이영산도 많은 동지와 함께 그 일을 꾀하고 있었다. 그런 어느 날 연립이 비밀회의에 부름을 받았다. 이영산의 말을 듣고 연립을 의리가 깊고 용기가 있으며 앞일을 내다본다고 믿었기 때문이다.

"이러이러한 일을 모의하는 중인데 과연 성공할 것인가?"

비밀회의에 참석한 한 사람이 물었다.

"신하의 몸으로서 임금을 쫓아내는 일은 옳지 않습니다. 하지만 나라가 망하려는 마당에서는 어쩔 수 없을 것 같습니다."

연립은 여기서 하던 말을 끊더니 그 자리에 모인 사람들을 차례로 살펴보았다. 그러고 나서,

"이분들이라면 꼭 성공하겠습니다. 그러나 저는 아무 일도 도와드리지 못하겠습니다."

하고 바로 휑하니 자리를 떴다.

그런데 이렇게 한 번 나간 연립은 그 후 어디로 갔는지 소식이 영 끊어졌다. 이영산 등은 연립이 혹시나 배신하지 않을까 싶어 겁을 먹었다. 그런데 며칠 후 연립이 비밀회의를

하는 자리에 나타났다. 이 영산 등은 그를 한참 의심하던 중이라서,

"그래 어디를 갔다 왔는가?"

하고 날카롭게 물었다. 그러나 연립은 태연하게 인사를 한 후 이렇게 말했다.

"여러분의 일이 틀림없이 성공할 줄 믿고 있습니다마는, 만일을 위하여 몇 가지 준비를 해 놓고 왔습니다."

연립의 말에 따르면, 그동안 어느 외딴섬을 얻어 놓고, 거기에 가는 배와 사공을 미리 약속해 두었다는 것이다. 말하자면 일을 일으킨 본인들과 그들의 가족이 사고가 생길 때 피난할 수 있도록 마련한 것이다. 이영산 등은 그제야 의심이 풀리고 오히려 용기가 백배했다. 한때나마 공연한 걱정을 하던 자신들이 몹시 부끄럽기도 했다. 이때도 연립은 필요한 보고만 하고 돌아갔다.

이후 이영산 등의 의거는 손쉽게 성공하였다. 연립이 애써 장만한 피난 준비는 헛일이 되고 말았다. 그렇지만 연립의 자상한 배려와 의리는 높이 찬양받았고, 또 앞을 내다보는 슬기에 감탄하지 않는 이가 없었다. 연립은 나라가 주는 상을 마다하고 공주 땅으로 내려가 거기서 늙도록 편안히 살았다고 전한다.

이 부인의 절개

이순신 장군의 후손 중에 충청도 온양 땅에 이 아무개라는 선비가 살고 있었다. 이 선비에게는 마침 나이 찬 딸이 있어 청주 고을 병사 민 아무개의 며느리로 정혼하게 되었다. 그러나 신부가 신행도 하기 전에 신랑이 갑작스레 세상을 떠났다. 덧없이 과부가 된 이 부인은 하늘이 무너지는 듯했다. 소식을 안 날부터 음식도 들지 않고 종일토록 울면서 지냈다. 식구들은 혹 시나 스스로 목숨을 버리지 않을까 걱정이 대단했다. 이 부인도 그런 생각이 없지 않았다. 다만 원체 감시가 엄하여 기회를 얻지 못하였을 뿐이었다. 그러다가 이 부인은 어느 날 무슨 일을 깨달았는지 부모 앞에서 이런 말을 했다.

"한때나마 철없이 목숨을 끊으려 하여 부모님께 많은 걱정을 끼쳤습니다. 이제 다시는 그와 같은 생각을 안 하겠으니 다만 한 가지 청을 들어주십시오."

부모는 비로소 마음이 놓였다.

"그렇다면 다행이다. 그런데 대체 무슨 청이냐?"

"제가 곰곰이 생각해 보니 지금 시댁에서는 시부모님이 의지할 사람을 잃고 저희보다 몇 곱 슬픔에 잠겨 계실 것 같습니다. 그뿐만 아니라 남편의 제사를 지낼 사람도 없을 테니 제가 가서 위로 시부모님을 받들어 봉양하고, 아래로 양자라도 얻어 민씨 가문이 끊어지지 않게 함이 마땅하다고 생각합니다."

딸의 말에 부모는 절로 눈시울이 뜨거워졌다.

옛날부터 '하루의 정이 백년 간다'라는 말이 있다. 그러나 겨우 식만 올렸을 뿐 시집에는 한 번도 간 일이 없는 딸이다. 그런 딸이 이토록 절개가 깊다고 생각하니 기특하고 측은한 마음을 금하지 못하였다. 어쨌든 딸의 말을 안 들을 수는 없었다. 한 가지 걱정되는 것은 혹시 청주로 가다가 도중에서 또 죽을 생각을 하지 않나 하는 것이었다. 하지만 이것도 딸의 태도가 분명하고 말의 뜻이 꿋꿋해서 마침내 그 청을 들어주었다.

남편이 갓 죽은 까닭에 이 부인은 상복 차림으로 신행을 가게 된 처지였다. 그렇지만 시집에 도착한 그날부터 이 부인은 시부모를 친부모 이상으로 정성껏 섬겼다. 그뿐만 아니라 완연한 안주인이 되어 알뜰히 살림을 꾸리고 조리 있게 하인을 부렸다. 그동안 죽은 남편에 대한 제사는 말할 것도 없고, 조상의 차례도 법식에 꼭 맞춰 지성껏 지냈다.

일가친척, 그리고 청주의 온 고을 사람들이 입을 모아 '어질고 착한 이 부인'이라고 칭찬하는 동안 어언 남편의 삼년상을 치르게 되었다. 이 부인은 그제야 시부모한테 간곡한 청을 했다.

"이제는 일가 중에서 양자를 얻어 가계가 끊이지 않도록 해야 하겠습니다. 이 일은 부모님께서 하루속히 정해 주십시오."

시부모가 이 청을 안 들을 리는 없다. 아니, 기특한 며느리의 청이라기보다는 실상 한 가정의 큰 문제이며 또한 시급히 정해야 하는 일이었다. 이 소문이 나자 가까운 일가 중에서 바로 적당한 인물이 나섰다. 그리고 이렇게 해서 얻어 들인 예닐곱 살짜리 양자는 다행하게도 성미가 곱고 영리했다.

이 부인은 양아들을 몹시 사랑했다. 그러나 가정에서의 예절 교육과 글방 공부는 다른 부모보다 더 엄했다. 이렇게 이 부인이 남편 없는 신부, 다시 말해서 과부인 신부로 집안에 들어온 지 어언 13년의 세월이 흘렀다. 그동안 가정 형편은 옛날의 몇 배로 부유해졌다. 모두가 이 부인이 알뜰살뜰 살림을 늘려온 덕분이었다.

늙은 시부모는 아들을 잃은 슬픔을 잊고 복스러울 만큼 편안히 지냈다. 하지만 수명은 어쩔 수 없었는지 나이 80이 되자 두 내외가 거의 동시에 세상을 떠났다. 이때 양아들은 이미 장성하여 아내를 얻었고, 또 젖먹이 어린애까지 낳고 있었다. 시부모의 장례식을 정중히 치른 이 부인은 그 후 3년간 제수를 손수 장만하여 양아들로 하여금 지성껏 제사를 지내게 했다.

그러다가 하루는 양아들 내외와 함께 시부모 산소에 다녀오더니 다시 사당에 제사를 드리게 했다. 그리고 양아들 내외를 안방으로 불러들였다.

"오늘은 너희에게 한 가지 말할 것이 있다."

이 부인이 어쩐지 전에 없이 엄숙한 표정을 지었다. 아무래도 무슨 중대한 결심이라도 한 것처럼 긴장되어 있었다.

"네, 어머님, 무슨 말씀입니까?"

양아들 내외도 그것을 느끼고 새삼 자세를 곧추앉았다.

"다른 일이 아니다. 이제 너희도 장성하여 아이까지 갖게 되었으니 조상 제사는 물론이거니와 집안 살림과 바깥과의 왕래도 너희 힘으로 넉넉히 하게 되었다고 생각한다. 그래서 오늘부터 모든 일을 너희 내외에게 맡길 터이니 부디 나의 뜻을 이어서 잘해 주기 바란다."

듣고 보니 실상은 보통 있을 수 있는 일이다. 양아들 내외

는 단지 갑작스러운 일이라 좀 어리둥절했지만,

"예, 어머님 뜻을 어기지 않겠습니다."

라고 대답하고 자기 방으로 돌아갔다.

그런데 이날 밤 뜻밖의 일이 일어났다. 이 부인이 안방에서 약을 마시고 스스로 목숨을 끊었던 것이다. 한 여종의 외침을 듣고 양아들 내외가 기겁하고 달려왔다. 그러나 때는 이미 늦었다. 깨끗이 치운 방 아랫목에 어느새 갈아입었는지 하얀 상복을 입은 이 부인이 잠든 듯이 고이 숨져 있었다. 이 상복이야말로 이 부인이 이 집에 올 때 입었던 바로 그 옷이다. 그런 줄 모르는 양아들은 머리맡에 남은 약사발을 먼저 발견하고 대경실색했다.

"어머님, 이게 웬일입니까?"

대답이 있을 리 없고, 책상에 고이 접어놓은 유서가 그 이유를 대신 말해 주었다. 유서에는 지금까지의 일이 자세히 적혀 있었다. 그뿐 아니라 앞으로 가정을 꾸려나갈 일과 아울러 선비로서의 행실들이 자상하게 적혀 있었다.

"내 일찍 죽지 못한 것은 오로지 너의 부친을 대신하여 너의 조부모님을 모시고, 또한 너희가 가문을 빛나게 이어 주기 바란 때문이다. 따로 너희에게 넘겨주는 토지와 재산의 문서는 너희들이 조상의 제사를 지내며 충분히 살아갈 수 있을 만한 것이다. 이제 내 할 일도 다하고 너희도 훌륭히 된 이상, 처음 뜻한 대로 한시바삐 지하에 계신 부친 곁에 가고 싶은 마음뿐이다. 내 부탁을 공연한 눈물로 받아 주지 말기를 간절히 부탁한다."

이렇게 해서 이 부인은 마침내 장한 일생을 마쳤다. 후에 이 일을 알게 된 온 나라의 선비들은 이 부인의 절개를 높이 찬양하고, 이 부인 무덤 앞에 비석을 세워 주었다. 이 부인의 무덤은 오래전에 죽은 남편의 무덤과 나란히 지어졌다.

이기축과 슬기로운 그의 아내

전주 땅에 이기축이라는 젊은이가 있었다. 원래는 이름이 없었다가 나중에 생긴 이름이다. 그 이기축은 무어라 비유할 수 없을 만큼 성품이 온순하고 둔했는데, 남들과 비교해 허우대가 월등히 크고 힘이 장사인 것이 한 가지 장점이었고, 그로써 어려서부터 혈혈단신 떠돌며 목숨은 이어갈 수 있었다.

방방곡곡 이곳저곳 떠돌아다닌 끝에 어느 해 함경도 함흥 고을에 닿았고, 여기서도 품을 팔며 근근이 지냈다. 그가 내다 파는 나뭇짐은 다른 사람보다 배나 크고 값도 싸게 받았기 때문에 인기가 높았고, 그래서 나무만 해다 팔면서도 제법 편하게 지냈다.

이 무렵 함흥 고을에 돈 많은 늙은 과부가 나이 찬 딸과 함께 둘이 살고 있었다. 영악하고 예쁜 딸을 위해 어머니는 진작부터 좋은 신랑을 얻어 주려 했다. 그리고 실제로도 여기저기에서 훌륭한 상대가 많이 청혼했다. 그러나 딸은 혼자 단단히 결심한 바 있었는지 누구도 마음에 들어 하지 않았다. 딸은 혼인 얘기가 날 때마다 고개를 저었다.

"당돌하지만 이 일은 저한테 맡겨 주셔요."

자기 자신이 남편을 고르겠다는 뜻인데, 어머니는 혀를 차며 승낙할 수밖에 없었다. 바로 이럴 때 이기축이 나무를 큼직하게 묶어지고 팔러 들어와 외쳤다.

"나무 사십쇼!"

그의 목소리가 얼마나 큰지 집채를 흔들듯이 쩌렁쩌렁 울렸다. 딸은 그 목소리가 하도 신기해서 방문을 살짝 열고 내다보았다.

뜰에는 어머니와 흥정을 마친 나무꾼 총각이 광에다 나무를 부리는 중이었다. 딸은 무슨 생각을 했는지 대청마루 끝까지 쪼르르 나왔다. 그리고 이기축에게 말을 걸었다.

"처음 보는 분인데, 대체 어디서 오셨소!"

"나는 떠돌이 나무장수요."

이기축이 몸에 묻은 솔잎을 툭툭 털면서 통명스레 대답했다. 딸은 더 묻지 않고 어머니에게 값을 후히 주라고 하더니,

"날마다 이만큼씩 팔러 와요."

하고는 방으로 들어갔다.

그 후 이기축은 나무를 하면 으레 이 집부터 찾았다. 딸은 그때마다 어머니에게 성화를 해서 또박또박 나무를 사게 했다. 그뿐 아니었다. 때로는 하인을 시키고, 때로는 자신이 직접 나와서 따뜻한 음식을 차려 주었다.

이렇게 한 달쯤 지난 어느 날 딸이 뜻밖의 말을 했다.

"어머니, 저의 남편감은 그 나무꾼 총각밖에 없어요."

"그게 정말이냐?"

어머니는 딱 벌린 입을 쉽게 다물지 못했고, 안색마저 변했다. 그도 그럴 것이 여태까지 고르고 또 고른 끝에 집도 절도 없는 나무꾼을 맘에 들어 했기 때문이다.

"여러 날을 두고 살펴보았더니 장래 크게 될 사람이 분명해요."

"장래라고? 장래가 다 무엇이냐. 당장 굶어 죽을상인데 아귀밖에 더 되겠느냐. 너 필시 정신이 어떻게 된 모양이구나."

어머니는 기가 막혀 펄펄 뛰었다. 그러나 딸은 별의별 말을 다 듣고서도 끝내 굽히지 않았다. 여러 날을 실랑이했지만 어머니는 결국 딸의 고집을 꺾지 못했다.

"뒷날 무슨 꼴이 되어도 아예 어미 탓은 말아라."

이리하여 떠돌이 나무장수 이기축은 단번에 팔자를 고치게 되었다. 뜻하지 않게 벼락 신랑, 그것도 거지 신세에서 부잣집 딸의 남편이 되어 숫제 데릴사위처럼 처가에 들어앉은 것이다. 게다가 장모도 차츰 딸의 체면을 지켜 주게 되었고, 또 아내가 이만저만 예쁘고 상냥스러운 게 아니었다.

까닭은 몰랐지만 이기축은 꿈인가 싶은 호강에 젖어 편안히, 그리고 행복하게 지냈다. 처음에는 몹시 겸연쩍었지만 그렇다고 새 삼 할 일도 재주도 없어서 호의호식하는 생활에 차차 익어 갔다. 그 동안 몸에 살이 뿌옇게 올라 윤기마저 흐르게 되었다. 전날의 나무꾼이라고는 아무도 알아볼 수 없을 만큼 사내다우면서도 품위 있는 남자로 변한 것이다.

그러던 어느 날, 아내가 엄숙한 낯으로 갑작스레 말했다.

"이만하면 당신도 어엿한 대장부로 흠잡을 데가 없게 되셨습니다. 그러니 이제는 공을 이루고 이름을 남길 일을 하셔야 할 것입니다. 이런 시골에 묻혀 있을 게 아니라 함께 서울로 올라가 우선 조그마한 장사라도 하며 때를 기다려 봅시다. 여인의 몸이지만 제가 진작부터 생각한 바가 있으니 만사 맡겨 주셔요."

아내 말에 이기축이 반대할 리가 없다. 그렇지 않아도 미안쩍은 터이며, 또 실상 우둔하고 착한 인간인지라 다른 의견이 있을 수도 없다. 아내는 집의 재산을 어지간히 떼어 받고서 남편 이기축을 재촉해 서울로 올라갔다.

서울에 올라온 이기축 내외는 우선 자하골 조용한 길가에 집을 하나 얻었다. 그리고 거기에 깔끔 한 술집을 차렸다. 단둘이서 하는 생업인 까닭에 아내가 술과 음식을 만들고, 남편은 그 밖의 자질구레한 일을 했다. 착하기만 하고 굼뜬 이기축에 비해 아내는 상냥하고 부지런했다. 뿐인가, 손수 빚은 술이 향기롭고 음식은 신기하도록 맛있었다. 이런 소문이 퍼지자 특히 점잖은 선비들이 많이 찾아오게 되었다. 그들은 또 이기축 아내의 공손하면서도 품위를 잃지 않는 시중에 칭찬을 마지않았다.

생업이 날로 번창하자 이기축의 아내는 뒤꼍 한적한 곳에 정자를 지었고, 이 정자에 당시 범상치 않은 선비와 학자, 그리고 뜻있는 벼슬아치들이 드나들게 되었다. 그들은 김승평, 이연평 등 인조반정을 꾀하던 이들이었다. 창의문 밖에서 회의하고 돌아갈 때 우연히 들른 것이 인연이 되어 그 후부터는 웬만한 의논은 그 정자에서 하게 되었던 것이다. 이기축의 아내는 그런 낌새를 아는지 모르는지 그들이 모이면 유달리 후하게 대접하고 외인들을 얼씬 못하게 했다. 그리고 그들이 먹고 빚진 음식값을 내지 못해 걱정스러운 낯빛을 하면,

"그런 염려는 마시고 후에 잘 되시거든 갚으십시오."

하고 더욱 친절하게 대접했다. 또 더러는 외상 문서를 보는 앞에서 찢어 버리기도 했다. 이렇게 되면 주인과 손님과의

사이가 자연 친숙하게 될 수밖에 없다. 더구나 결코 장사만을 위함이 아니요, 오직 진정으로 자기네를 아끼는 뜻이라고 알았기 때문에 김승평 등은 진심으로 믿고 고마워했다.

한편, 그들이 모일 때면 이기축의 아내는 으레 음식 심부름을 남편에게 시켰다. 살이 피둥피둥 찐 장승 같은 사나이가 매우 순진한 모습으로 음식상을 나를 때면, 모두 기이한 눈으로 쳐다보곤 했다.

"대체 저 굼뜬 바보 같은 사내는 누구요?"

어느 날 이연평이 물었다. 물론 그때까지 이 집 여주인의 남편인 줄 모르고 한 말이다. 이 말을 들은 부인은 얼른,

"실은 저의 남편입니다. 용렬하기 짝이 없습니다마는, 다행히 마음이 착하고 힘도 매우 셉니다. 훗날 여러분께서 혹시 심부름시킬 일이 생기거든 안심하시고 분부만 하십시오. 반드시 물불 가리지 않고 충성을 다할 줄 믿습니다. 그러나 겨우 천자문밖에 떼지 않은 무식꾼이오니 어느 분이든 글을 조금만 더 가르쳐 주시면 감사하겠습니다."

라고 부탁했다. 이렇게 해서 그들의 승낙을 얻은 이기축의 아내는 이튿날 아침 남편을 시켜 《통감》 첫 권을 사 오게 했다. (통감은 중국의 역사를 간추려 적은 책이다) 그리고 어떤 대목을 골라 그곳 책장을 접고 말했다.

"오늘부터 이 학사님 댁에 가서 글공부하셔요. 다만 여기

접어놓은 대목만 가르쳐 달라고 해야 합니다."

이기축은 책을 옆에 끼고 바로 이연평의 집을 찾아갔다. 이연평 은 약속한 바가 있는 까닭에 선뜻 그를 사랑방에 들여앉히고,

"음, 자네 왔군. 그 나이에 글을 배우겠다니 신통하군. 자, 그럼 첫 장부터 시작할까."

하면서 책을 펴려 했다. 그러나 이기축은,

"첫 장부터가 아니라 여기를 배우라고 하던데요."

하고 집어 놓은 대목을 펼쳤다.

순간 이연평은 매우 놀라며 미심쩍은 표정을 지었다. 하지만 곧 대수롭지 않게 여기고는 아무 말 않고 그 대목을 자세히 풀이하여 가르쳐 주었다. 이튿날 아침 이기축의 아내는 또 통감 넷째 권을 사 오라고 했다. 그리고 이번에도 어떤 대목을 접어주었다. 물론 그 대목을 배우라는 뜻이다. 이기축은 좀 심사가 사나웠다.

"이왕 배우려면 처음부터 차례차례 배워야지, 이게 뭐람!"

그러나 거역 못 하고 어제처럼 이연평을 찾아갔다. 그런데 수상히 여긴 것은 오히려 이연평이었다. 실상은 어제 벌써 수상하게 여겼으나 오늘은 숫제 펄쩍 뛸 만큼 놀라며 또 낯빛도 확 달라졌다. 이기축이 접어 가지고 온 책장을 펴 보이자 벼락같은 호령이 떨어졌다.

"이놈, 어서 가거라! 여편네가 시키는 대로만 하는 바보 천치는 못 가르치겠다!"

이기축은 영문도 모르고 기겁을 한 채 멍하니 쳐다보다 이연평의 불같은 눈총이 무서워 도망치듯 나와 버렸다. 집에 돌아온 이기 축은 아내를 붙잡고 투덜거렸다.

"여보! 이 학사가 노발대발했소. 이젠 밀린 외상값을 받기는커녕 오지도 않을 거요."

그러나 아내는 무슨 생각에선지 생긋 웃었다. 마치 생각대로 일이 잘 되었다는 표정 같아 보였다.

"당신은 가만히 있어 봐요."

말이 채 끝나기도 전에 밖에서 말굽 소리가 요란하더니 곧 이연평이 당황한 모습으로 들어왔다. 그리고는,

"아낙네, 나 좀 봅시다."

하면서 이기축의 아내를 뒤꼍 정자로 데리고 가 물었다.

"대체 아낙네는 누구요?"

그제야 이기축의 아내는 몸을 바로 잡으면서 우선 고개부터 숙였다.

"고정하십시오. 큰일이란 원래 때가 오면 만백성과 하늘땅이 돕는 법이라 알고 있습니다. 다만 저의 용렬한 남편이라도 앞으로 쓰실 곳이 있을까 하여 한때나마 놀라게 해 드린 것입니다."

이연평은 무엇인가 곰곰 생각하다가,

"알았소. 이렇게 된 이상 부디 비밀만은 꼭 지켜 주오."

하고 굳게 다짐을 시켰다.

원래 통감 책을 접은 곳은 옛날 중국에서 포악한 임금이 쫓겨나는 대목들이었다. 그러니까 인조반정을 꾀하던 사람 중의 하나인 이연평이 놀랄 수밖에 없는 노릇이다. 그렇다면 이기축의 아내가 남편을 그들에게 가담시키려고 꾀한 일이라는 것을 알 만하다.

이런 일이 인연이 되어 이기축은 반정 당시 장단 방면의 군사 선봉장이 되었는데, 이때 인조 임금도 이기축을 크게 의지하였음인지 어의(임금의 옷)를 벗어 입혀 주었다. 이 어의를 입고 이기축은 창의문에서 크게 공을 세웠으며, 맨 먼저 서울에 입성하는 공을 세웠다. 그 후 이기축은 반정의 2등 공훈을 얻고, 겸하여 그가 기축년에 태어났다 해서 그제야 비로소 기축이란 이름으로 공로부에 적히게 되었다 한다.

이수남과 글방 선생

이수남은 세조 임금 때의 대신 이인손의 아들이다. 수남은 어려서부터 총기가 있었고, 특히 요즘 말로 추리하는 재주가 놀라웠다. 그래서 집안에 가끔 무슨 일이 생기면 그 이치를 따져 얼른 풀어냈는데, 다만 이수남이는 자기가 한 것을 숨기고,

"이것은 글방 최 선생님께서 점을 쳐 알아맞힌 것입니다."

하고 언제나 최 선생을 내세웠다.

최 선생도 일 자체가 나쁘지 않고 또 그런대로 재미도 있었는지 자기가 한 양으로 꾸미고 있었다. 이 때문에 최 선생은,

"잃은 물건이나 사람을 찾는 데에는 귀신같은 점술가다."

라는 소문이 날로 높아졌다.

최 선생도 실은 낯간지러운 때가 많았다. 하지만 언제나 수남이 일러 주는 대로만 하면 십중팔구 들어맞기 때문에 가만히 앉아 사람들의 존경을 받고 재미도 보았다. 그러나 언제까지 이렇게 수남의 덕을 입을 순 없었다.

어느 날 최 선생은 나라의 부름을 받고 세조 임금을 뵈러 가게 되었다. 귀신같은 점쟁이라는 소문이 서울에까지 퍼진 줄 모르는 최 선생은 까닭을 모르면서도 부랴부랴 서울로 올라갔다. 세조 임금은 최 선생을 특별히 가까이 오게 해 놓고,

"실은 중국 임금이 옥새를 잃고 찾다가 못 찾고 우리나라에 사신을 보내왔다. 점 잘 치는 사람을 시켜서 찾을 생각 같으니, 그대가 가서 찾아 주도록 하여라."

하고 말했다.

그러고 보니 소문은 어느새 임금의 귀에까지 들어간 모양이었다. 순간 최 선생은 정신이 아찔했다. 원래가 모두 수남이가 한 일인데 자기가 한 것처럼 전해졌기 때문이다.

"이거 큰일 났구나!"

하면서도 최 선생은 차마 사실을 말할 수 없었다.

"다른 일과 다르오니 얼마 동안 여유를 주십시오."

하고, 한편으로는 이수남과 의논이라도 하고 싶어졌다.

"그럴 터이지. 하지만 일이 중대하고 또 시급한 모양이니 열흘 안에 떠날 수 있도록 채비하라."

세조 임금이 말했다. 할 수 없이 집에 돌아온 최 선생은 우선 이수남에게 사실을 알렸다.

"그러니 장차 어쩌면 좋으냐?"

그런데 이수남은 무엇을 생각했는지 조금 후 생글생글 웃으며 이렇게 말했다.

"과히 염려 마십시오. 옥새는 반드시 대궐 안 어느 곳에 감췄을 것이니 찾을 수 있습니다."

"뭐라고? 찾을 수 있단 말이냐?"

때가 때인지라 최 선생은 반색했다. 이수남은 최 선생 앞에 바싹 다가앉더니 귓속말로 한동안 열심히 속삭였다.

"흥, 흥, 그럴듯하군. 하지만 과연 네 말대로 될까?"

최 선생은 연신 고개를 끄덕이면서도 자신이 없는 듯이 되물었다.

"글쎄 염려 마시고 어서 가 보십시오. 다만 지금 말씀드린 일은 꼭 지키셔야 합니다."

최 선생은 이리하여 중국으로 떠나게 되었고, 중국 임금은 최 선생을 국빈의 예로 맞아 주었다.

"선생의 점술로 속히 옥새를 찾아 주게."

최 선생은 이수남과 약속한 대로 일을 해야 했다.

"먼 길을 오느라고 노독이 심하오니 한 열흘쯤 쉬게 해 주십시오."

최 선생은 그리 말하고 객관으로 돌아왔다. 그러고는 융숭한 대접을 받으며 그저 방에 처박혀 아무 일도 안 했다. 약속한 열흘이 지나고 보름째 접어들었어도 날마다 잘 먹고 잘 자고 더러는 책을 읽고 할 뿐이었다. 누가 보더라도 옥새를 찾으러 온 사람이 아니라 호강에 겨운 군식구로만 보였다. 그동안 여러 차례 재촉을 받았다. 하지만 최 선생은 여전히,

"몸이 풀리지 않아 정신이 산란합니다."

하는 말만 되풀이했다. 그러자 초조해진 중국 임금이 직접 찾아왔다.

"대체 옥새는 언제 찾아 줄 생각이오?"

그제야 최 선생은 근심스러운 낯으로 이렇게 말했다.

"대단히 죄송합니다. 나는 지금 뜻하지 않은 일이 생겨서 심사가 어지러우니 조금만 더 참아 주십시오."

"뜻하지 않은 일이란 무슨 일이오?"

"예, 실은 저희 본집에 갑자기 불이 나서 식구의 안부가 걱정 되옵니다."

"그것이 정말이오? 아니 수천 리 밖에 와 있으면서 어떻게 그 일을 알았단 말이오?"

중국 임금은 기가 막혔다. 그러나 귀신같은 점술가라니 그럴 법도 하다고 여겼는지 그날은 그대로 돌아갔다. 다만, 일이 하도 수상해서 당장에 그 사실을 알아보기로 하고 조선의

최 선생 집으로 사람을 보냈다. 그런데 달포가 넘어서 돌아온 사자가,

"최 선생 댁에 아무 달, 아무 날, 아무 시에 불이 났습니다. 다만 뒤곁 헛간만 탔을 뿐 식구들은 모두 무사하답니다."

하고 고하는 것이었다.

중국 임금은 불이 난 일을 맞춘 것만도 신통하기 짝이 없는데 게다가 그 시간까지 알아맞혔다는 사실에 놀라움을 금치 못했다.

"과연 최 선생의 점은 귀신같구나!"

하고 마치 옥새를 금방 찾게 될 것으로 생각했다.

알고 보면, 이것은 이수남이가 약속한 때를 어기지 않고 최 선생 집 헛간에 불을 지른 것이다. 그런 줄 모르는 중국 임금이 감탄을 마지않은 것도 무리는 아니다.

그러자 이 일로 해서 '귀신같은 최 선생'이라는 소문은 삽시에 온 중국 서울에 퍼졌다. 그러고 나서 며칠 후 밤, 최 선생이 혼자 객관에 앉아 있노라니까 고귀한 인품의 젊은이가 몰래 찾아왔다. 다른 이가 아니라 중국 임금의 조카가 되는 사람이었다. 첫인사를 총총히 나눈 다음 젊은이는 최 선생 앞에 머리를 조아렸다.

"그 옥새를 감춘 것은 바로 이 사람이오. 사실은 간사한 신하의 꾐에 빠져 옥새를 훔쳐다가 대궐 뒤뜰 연못에 넣어 두

었소. 그러나 이제 선생께서 여기까지 오셨으니 더 이상 숨길 수 없어서 이렇게 찾아뵈러 온 것이오. 부디 나라에 분란을 일으키지 않고 나의 생명도 보존해 주시기 위해 이 일은 누설 말아 주시오. 반드시 생명의 은인으로 받들겠으며 훗날 다시 이러한 일은 절대로 저지르지 않겠소."

젊은이는 눈물로 고백했다.

최 선생은 어쨌든 큰일을 손쉽게 성공한 셈이었다. 옥새를 훔친 역적모의는 상관할 바도 아니다.

"나에게 먼저 와서 말씀하셨기 망정이지, 그렇지 않았더라면 큰일이 날 뻔했구려. 내 이제 비밀을 꼭 지켜 드리겠으니 그리 아시고 충성을 다하시오."

최 선생은 위엄을 보이며 너그럽게 말했다. 그런 다음 그럴싸한 행동으로 이곳저곳 딴청을 부리다 연못을 퍼내게 했다. 젊은이와의 약속을 지키기 위해서였다. 최 선생이 이수남의 지혜를 빌어 중국 임금의 옥새 분실 사건을 해결한 것은 말할 것도 없다.

이후 최 선생에 관한 기록은 찾아볼 수 없다. 다만 이수남이 후에 이름을 이극배라고 고쳐 큰 벼슬에 올랐다는데, 이것도 더 자세한 기록은 남아 있지 않다.

전동흘과 이상진

전주 사람인 전동흘은 담력도 있고 사람 보는 눈이 높았다. 이 무렵 전주고을 밖 어느 마을에 이상진이라는 선비가 살고 있었다. 훗날 벼슬이 재상에까지 오른 사람이었으나, 당시는 집안 형편이 말할 수 없이 가난했다.

어느 해든가, 추석이 가까워 이상진은 쌀자루를 들고 전동흘을 찾아갔다. 며칠씩 굶은 모친을 위하여 부끄러움을 무릅쓰고 도움을 얻으러 갔던 것이다. 전동흘은 소문에 듣던 그대로 매우 친절했다. 말을 듣기가 바쁘게 쌀 한 섬을 선뜻 내주었다. 게다가,

"뵙자 하니 오래 고생하실 분 같지 않습니다. 어려운 일은 저한테 맡기고 때를 기다려 보십시오."

하고 앞일까지 걱정해 주는 것이다.

이상진은 정말로 감격하여 그 뜻을 고맙게 받았다.

그 후 전동흘은 약속한 대로 이상진을 정성껏 도와주었다. 그리하여 비록 양반과 상민으로 신분은 달랐지만, 친형제 못지않게 정이 두터워졌다.

그런 어느 날 전동흘이 이런 말을 했다.

"제가 때맞추어 보살펴 드리기는 하지만 역시 얼마간 논밭을 가지셔야 마음이 든든하실 겁니다."

이때 전동흘은 가지고 온 좋은 쌀 다섯 말을 내놓았다.

"까닭을 묻지 마시고, 이것으로 술을 잘 빚은 후에 잘 익으면 저한테 알려 주십시오."

무슨 까닭인지 알 수 없었지만, 이상진은 하라는 대로 술을 담갔다. 그리고 술이 익자 전동흘에게 통지했다. 전동흘은 술독을 자기 집으로 나른 후 사랑방과 뜰에 술상을 푸짐하게 차렸다. 물론 안주나 그 밖의 음식은 전동흘이 장만한 것이다.

준비를 마친 전동흘은 곧 온 마을 사람들을 불러들였다.

"여러분, 오늘 이 자리는 이웃 마을 이 선비께서 대접하시는 것이오. 나는 이 선비가 훗날 반드시 재상 벼슬을 하실 분으로 믿고 작은 힘이나마 성심껏 도와드려 왔소. 그러나 이 선비께서는 늙으신 자당님의 걱정을 덜기 위하여 우선 조그마한 땅이라도 개간할 생각을 하셨소. 그러자면 역시 여러분의 힘을 빌지 않을 수 없어서 나하고 상의한 끝에 이렇게 귀한 쌀로 술을 빚어 여러분께 대접한 후 나보고 대신 부탁을 하라고 하셨소."

전동흘은 그 고장에서 인심을 잃지 않은 터이고, 또 이상진도 사람들로부터 은근히 동정을 사던 처지다. 사람들은 이제 전동흘이 무슨 부탁을 할지는 모르겠으나, 하여간 들어볼 생각을 했다.

"우리 힘으로 되는 일이라면 왜 안 하겠소. 어디 말이나 한번 들어봅시다."

"다름이 아니라 여러분들이 내일모레 안으로 길이가 한 자쯤 되는 버드나무 막대 끝을 뾰족하게 깎아서 사람마다 50개 이상 만들어 우선 우리 집에 가져다주시오."

대체 어디다 쓰자는 것인지 모르겠지만 생각해 보니 그다지 어려운 일은 아니었다. 해서 동네 사람들은 모두 선뜻 승낙했다.

"그까짓 것쯤 어렵지 않으니 꼭 만들어다 드리겠소."

이날 기분 좋게 술에 취해 돌아간 동네 사람들은 한 이틀 후에 약속대로 버드나무 막대를 제각기 가지고 왔다. 어떤 사람은 자기 몫 이외로 식구들의 것마저 합쳐서 가져와서 버드나무 막대는 산더미처럼 쌓였다.

전동흘은 이것을 달구지에 싣고 이상진과 함께 어느 산 밑에 가서는 거기다 전부 풀어 놓았다. 그리고 이렇게 말했다.

"보시다시피 여기는 나무꾼들이 나무를 해 쌓아 두는 곳입니다. 이렇게 넓은 땅이 임자도 없이 오랫동안 버려져 있습니다. 자, 이 제부터 여기에 막대를 적당한 간격으로 꽂아 두었다가 내년 봄에 뽑아내고 조를 갈기로 합시다."

이상진은 그제야 까닭을 알았다. 물론 생전 처음 듣는 농토 개간법이다. 이날 두 사람은 데리고 온 하인도 거들게 하며 그 많은 막대기를 죄다 땅에 깊숙이 박았다.

이렇게 겨울을 넘기고 이듬해 봄이 되었다. 전동흘은,

"우리 조를 심으러 가십시다."

하고 이상진과 함께 그 곳으로 갔다. 메마른 땅이었지만 마침 눈이 녹은 뒤라서 어지간히 질퍽했다. 전동흘은 이때도 하인들을 시키고 손수 일하며 부지런히 버드나무 막대를 뽑아냈다. 그리고 그 구멍에다가 가지고 간 좁쌀 씨앗을 대여섯 알씩 넣은 후 흙으로 토닥거려 덮어 두었다.

얼마 후 초여름이 되자, 자리마다 모두 싹이 나서 잘 자라고 있었다. 전동흘은 그중에서 시원치 않은 것들을 뽑아 버리고 한 자리에 서너 그루씩만 남게 했다. 그런 후 가랑잎이나 썩은 흙들을 긁어다 덮어 놓았다.

"자, 이젠 다 되었습니다. 가만히 앉아서 가을 추수나 기다리면 될 겁니다."

가을이 되었다. 무럭무럭 자란 조 그루마다 팔뚝만 한 이삭이 척척 늘어져 익어 갔다. 이상진은 물론이거니와 전동흘에게도 탐스러운 이삭이 뜻밖으로 보일만큼 풍작이었다. 이상진이 이런 식의 개간 방법을 꿈에나 생각했겠는가? 메마른 땅이지만 막대가 꽂혔던 구멍에 눈 녹은 물과 가랑잎 썩은 거름이 고였으니 전동흘이 그것을 이용한 것은 슬기로운 일이었다.

그러나 이상진은 아직도 고생을 더 겪을 운명인가 싶었다. 다음 날이면 조 이삭을 거둬들이려고 만반의 준비를 다 갖추고 있던 날이다. 이날 밤에 뜻하지 않게 산불이 일어나 그 풍성하던 조밭을 말끔히 태워 버리고 말았다. 이상진의 탄식과 낙심은 말할 것도 없고, 전동흘은 더욱 기가 막혔다.

'하늘이 무심하다더니 바로 이 선비를 두고 한 말이로구나!'

그렇지만 전동흘은 단념을 하지 않았다.

"할 수 없습니다. 이제 자당님을 저의 집에서 모실 터이니, 선비님은 어서 서울로 올라가 과거 공부를 하십시오."

이상진은 이왕 신세를 져 온 터인지라 그의 말에 따르기로 했다. 전동흘의 성의도 성의려니와 늙은 모친을 더 이상 고생시킬 수 없었기 때문이다. 이상진은 눈물을 흘리면서 전동흘의 손을 덥석 잡았다.

"고맙소. 그대 정성대로 내 꼭 성공하리다."

서울로 올라온 이상진은 성 밖 조용한 절에 들어가서 열심히 공부했다.

'어떻게 해서든지 장원 급제하여 전동흘의 성의에 보답하자!'

굳게 결심한 보람이 있었는지 이상진은 그해 가을 대과에 보기 좋게 장원으로 급제했다. 그리하여 한림학사란 명예로운 벼슬을 얻은 이상진은 그 후 역사상 다른 어느 재상보다 빠르게 벼슬자리가 올라갔다.

그러는 동안에 전동흘의 집에 살던 모친을 서울로 모셔다 봉양하게 된 것은 말할 나위도 없다. 그런데 정작 전동흘에게는 당장 보답할 길이 없었다. 돈이나 물건으로 사례하기에는 너무도 입은 덕이 크다. 그뿐 아니라 첫째 전동흘의 성격으로 보아,

"저의 성의를 돈과 물건으로 따지신다면 너무 섭섭합니다."

할 것이 뻔했다. 그래서 한 번은 벼슬을 얻어 주려고 직접 물어 본 일이 있었다.

그러나 전동흘은,

"저는 문과에 응시하여 문관이 될 재주도 없거니와 첫째 그럴 처지가 아닙니다. 된다면 무과 시험에 응시하는 게 고

작인데, 이것도 장차 저의 힘으로 정당하게 합격할 생각이지 결코 누구의 덕을 입기는 싫습니다. 그것보다도 외람된 말씀이지만 부디 사사로운 정으로 인하여 나랏일을 그르치지 마시기를 바랍니다."
하고 똑 부러지게 말했다. 이상진은 할 수 없이 그럴 만한 때가 오기를 기다리기로 했다. 그러는 동안에도 벼슬이 자꾸 높아지더니 마침내 재상에 오르게 되었다.

한편 소식이 한동안 끊어졌던 전동흘도 이 동안에 무과 시험에 합격했다. 자기 말대로 혼자 힘으로 합격한 것이었다. 이상진은 바로 전동흘을 서울로 올라오게 했다. 그리하여 전동흘은 당분간 이상진의 집 사랑에서 묵게 되었다. 무과 시험에 합격한 이상 이상진도 이제는 떳떳하게 벼슬자리를 알선해 줄 수 있는 것이다. 그 시절 무관은 문관보다 지위가 아주 낮았다. 하물며 이상진은 재상이요, 전동흘은 임관되기 전의 한낱 무명인이다. 이런 관계로 해서 전동흘은 이상진과 한방에서 같이 지내는 것이 몹시 거북했고 또 괴로웠으리라 여겨진다.

이상진도 그런 눈치를 모를 리 없었다. 그래서 늘 전동흘에게 말하기를,

"그대와 나는 혈육보다 더한 사이가 아닌가. 하물며 다 같이 나라를 위한 구실이 같거늘 어찌 그러한 일을 가리겠는

가? 앞으로는 나를 찾아오는 손들 앞에서 딱딱한 예절을 구애되지 말고 나와 동등한 처지로 행세하게나."
하고 말했지만 전동흘은 항상 예를 잃지 않았다.

어느 날인가, 이상진의 친지들이 유난히 많이 찾아왔다. 모두 이름난 학자거나 높은 벼슬아치들이었다. 전동흘이 전의 버릇대로 자리를 피하자, 이상진은 그 소매를 잡아 앉히고서 여러 사람에게 이렇게 소개했다.

"이 사람이 바로 둘도 없는 친구며 은인인 전동흘이오. 비록 지금 벼슬자리는 없지만 실은 지식과 재주가 뛰어나고 또 의리가 태산처럼 무겁기만 하오. 따라서 앞으로 가히 나라에 큰일을 할 재목이오. 바라건대 여느 무관이라 생각 말고 나를 대하듯이 진심으로 사귀어 주오."
하며 옛일을 이야기했다. 자리에 있던 손들은 새삼 전동흘을 바라보았다. 재상 이상진의 체면을 보아서만이 아니라 실제로 전동흘의 인품과 말에서 그에 대한 호감이 저절로 일어났던 것이다.

이런 일이 있고 난 후 전동흘의 소문이 파다하게 퍼졌다. 말할 것 없이 모두가 좋은 소문이었다. 이 까닭만은 아니었겠지만 얼마 안 있어 전동흘은 선전관에 임명되었다. 그런 다음 계속 승진하고 영전한 끝에 마침내 통제사까지 지냈다.

집 나간 남편

전라도 광주에 고유라는 사람이 있었다. 그의 조상은 충신이며 문장가로 유명했던 고경명이다. 그러나 고유는 불운하여 여남은 살 때 부모와 가족들을 모두 잃고, 혈혈단신 떠돌이 신세가 되었다. 이렇게 10여 년을 장가도 못 들고 남의 집 머슴살이를 하며 돌아다니다가 어느 해 경상북도 고령 땅까지 흘러왔다.

고령 땅에서 고유는 김 첨지라는 인심 좋은 사람을 만나 부지런히, 그리고 진심으로 농사일을 도왔다. 그래서 김 첨지와 그의 식구는 물론이거니와 동네 사람들이 모두 '착한 도령'이라고 입을 모아 칭찬했다. 고유는 비록 글공부는 못했지만 모든 면에서 재주가 비상했고, 더구나 장기를 썩 잘 두었다. 그래서 동네 사랑방에 드나들며 그 솜씨를 한껏 부리게 되었다.

그런데 이 동네에 가난하지만, 인복이 있는 박 좌수라는 노인이 있었다. 이 박 좌수는 장기를 무척 즐겼기 때문에 자연히 고유를 데려다가 상대했고, 또 그래서 차츰 한 식구처럼 정답게 지내게 되었다. 정답다고는 하나 점잖은 노인과 머슴살이 총각이니 아무래도 박 좌수가 고유를 귀여워하고, 고유는 예의를 지키며 존경하는 모습이었다.

이렇게 얼마를 지내다가 박 좌수는 마침내 고유를 사위로 삼기로 했다. 고유의 행동 하나하나에 마음이 흠씬 쏠렸을 뿐 아니라 동네 사람들의 권고도 간절해서 외동딸을 주기로 한 것이다. 박 좌수는 그래도 고유가 떠돌이 머슴인지라 딸한테는 좀 미안했다.

"얘야, 그 고 도령이 지금은 비록 하찮은 머슴살이를 하고 있지만, 보아하니 문벌 있는 집안의 자손이고 장래에 꼭 잘될 사람 같은데, 너의 뜻은 어떠냐?"

미안한 마음에 물은 것인데 딸은 의외로 선선히 대답했다.

"실은 저도 그분이 장래성 있는 사람으로 여겨졌습니다. 그것보다도 부모님께서 정하시는 일을 자식 된 몸으로 어찌 감히 거역 하겠습니까?"

이렇게 해서 두 사람의 혼례식이 서둘러 거행되었다.

박 좌수의 살림도 넉넉한 편이 아니었고, 또 고유도 머슴살이하는 처지인지라 혼례식이라고 해야 그야말로 물 한 그릇 떠 놓고 부모님과 하늘에 절하는 것이었다. 그러나 온 동네가 모두 자기 일처럼 기뻐하며 거들어 주었다.

혼인 후 사흘쯤 아무 일 없이 잘 지냈다. 그런데 고유의 아내가 갑작스러운 말을 꺼냈다.

"우리가 이렇게 인연을 맺은 것은 저나 저희 아버님이 당신의 장래를 보았기 때문입니다. 당신께서는 오늘부터 좋은 글방 선생님을 찾아다니며 열심히 공부하십시오. 저는 집에 남아 무슨 짓을 하든지 집안 살림을 꾸려가겠습니다. 앞으로 10년 동안 서로 만나지 말고 크게 되실 날까지 참읍시다."

고유는 아내의 뜻을 더없이 고맙게 여겼다.

"그렇게 합시다. 내 맹세코 성공하리다."

그렇게 아내와 작별한 고유는 얼마 안 되는 노자를 얻어 지니고 집을 나섰다.

고유는 우선 경상남도 합천 어느 시골 서당을 찾았다. 여기서 코흘리개 어린아이들 틈에 끼여 난생처음 글을 배우기 시작했다. 물론 천자문부터 배워야 했다. 그러나 고유는 역시 유명한 학자의 후손답게 총기가 뛰어났다. 게다가 밤낮을 가리지 않고 부지런히 공부했기 때문에 금세 두각을 드러냈다. 열흘 만에 천자문을 뗀 고유는 순서에 따라 차곡차곡 어려운 학문을 열심히 익혀 갔다.

5, 6년 지냈을까? 그동안 고유의 학문은 시골 서당 훈장의 힘으로는 도저히 더 가르칠 수 없을 만큼 성장했다.

"여보게 고 서방. 이만하면 과거에도 합격하겠네."

이렇게 말하는 훈장의 말에 고유는 다시 어려운 책들을 짊어지고 합천 해인사로 찾아 들어갔다. 그리고 절 뒤꼍 헛간 같은 방 하나를 얻어 피나는 고학을 시작했다. 돈이 없었던 까닭에 아침저녁 절 마당을 쓸고 때로는 나무도 해 주면서 끼니를 얻어먹었다. 졸음이 오면 송곳으로 무릎을 찌르고, 등잔불 대신 개똥벌레나 창밖에 쌓인 눈빛을 이용하여 책을 보았다.

아내와 약속한 지 꼭 10년, 마침 숙종 임금의 특별 과거가 열렸다. 고유는 즉시 서울에 올라가 과거에 응시해 보기 좋게 급제하고 예에 따라 '가주서'라는 벼슬을 얻었다. 지금으로 따져 서기관이랄까, 임금 곁에서 조회 때의 일을 즉시즉시 기록하는 관리였다. 이 가주서 벼슬을 고유는 정성껏, 재주껏 했다. 글솜씨가 뛰어났기 때문에 그는 이내 숙종 임금의 아낌을 받게 되었다.

어느 날, 숙종 임금이 고유를 가까이 불러 과분한 칭찬을 내린 일이 있었다. 그리고 이 자리에서 고유의 조상이 유명한 충신 학자인 고경명이라는 것을 알고는 새삼 감탄해 마지않았다. 더구나 경상북도 고령 땅에서 아내를 얻고, 또 그 아내와의 언약을 끝끝내 지킨 사실에는 숙종 임금도 지극히 감동되었던 모양이다.

"10년 동안 한 번도 집에 돌아가지 않았다니, 참으로 놀라운 일이다."

숙종 임금은 무슨 생각을 했는지, 그 자리에서 고유를 고령 현감으로 임명했다. 고령은 말할 것도 없이 고유가 10년 전에 아내를 두고 떠나온 고을이다. 이를테면 비단옷 입고 돌아가는 영광을 얻은 것이다. 얼마나 감격할 만한 임금의 배려인가!

고유는 서둘러 한양을 떠났고, 열흘쯤 걸려서 고령 고을에 도착했다. 거기서부터 함께 가던 관속들과 떨어진 고유는 일부러 초라한 나그네 차림을 하고 부랴부랴 박 좌수 집을 찾아갔다.

10년이라면 강산도 변한다더니, 먼저 살던 마을은 그대로인데 하필이면 그리운 아내가 있는 박 좌수의 집만이 형편없이 허물어져 있지 않은가! 사람 기척 하나 없는 집터 앞에서 고유는 정신이 아찔했다.

'아내와 장인에게 무슨 일이 생겼단 말인가?'

고유는 하늘이 무너지는 것 같았다. 그동안 박 좌수는 병들어 세상을 떠났지만, 그의 아내는 결코 고유가 생각한 것처럼 불행하게 되지는 않았다. 고유가 여기서 수소문하여 알게 된 사실은 다음과 같았다. 물론, 여러 사람의 말을 하나로 다듬어 묶은 것이다.

"10년 전에 박 좌수가 딸을 고 도령이란 머슴살이 총각한테 주었더니, 그 신랑이 며칠 후 어디론지 가버렸다. 하지만 다행히 박 좌수의 딸이 어질고 부지런하여 손수 길쌈을 하며 돈을 벌어 지금 큰 부자가 되어 산 너머에 고래 등 같은 기와집을 짓고 살고 있다. 게다가 또 올해 열 살 되는 아들이 아주 똑똑하고 효성이 지극해서 칭찬이 자자하다. 그리고 또 그 집에서는 지나가는 나그네는 물론이거니와 가끔 거지 같은 사람까지 불러들여서 음식 대접을 하고, 그럴 때마다 10년 전에 어디로 간 고 도령의 소식을 꼭 자세히 묻는다. 당신도 보아하니 어려운 나그네 같은데 한번 찾아가 보라."

그 이야기를 전해 들은 고유는 얼마나 반갑고 감격스러운지 눈물이 날 지경이었다. 고유는 발길을 돌려 산 너머 마을을 향해 급히 달려갔다.

"오, 저 집이다!"

고유는 저도 모르게 소리쳤다. 소나무 숲을 엇비슷이 등지고 서 있는 기와집은 마치 서울의 큰 부잣집 같았다. 그 좌우로 즐비한 초가집은 아마 그 집에 딸린 일가나 하인의 집이리라. 고유는 설레는 가슴을 진정시키며 대문 안으로 들어섰다.

그날도 거지 잔치를 하는 듯 많은 거지 떼가 휘장 친 마당에 꽉 차 있었다. 고유도 물론 남루한 모습인 까닭에 그중 하나로 알았는지 하인은 말도 묻지 않고 음식상 앞으로 인도했다. 그러나 고유는 하인의 손을 뿌리치고 의젓한 태도로 바깥 큰 사랑방으로 썩 들어갔다.

사랑방에서는 나이 든 선생이 아이에게 글을 가르치는 중이었다. 고유는 그 아이가 바로 한 번도 보지 못한 자기 아들인 줄 짐작했다. 생각 같아서는 대뜸 얼싸안고 싶었지만 억지로 마음을 가라앉히고 물었다.

"네가 주인 도령이냐? 나는 길가는 나그네인데 한 끼니 밥이나 얻어먹을 생각으로 찾아왔다."

어린아이는 한참 쳐다보더니 고유에게 물었다.

"손님께서는 성함이 어떻게 되십니까?"

"나는 고씨 성을 가진 사람이다."

고유의 대답을 듣자, 어린아이는 바로 벌떡 일어나서 안으로 들어갔다가 이내 다시 뛰어나와 물었다.

"저, 실례이오나 손님의 처가댁은 어디십니까?"

"음, 나의 장인은 박 좌수란 분이시다."

고유의 말이 채 떨어지기도 전에 별안간 사랑방 뒷문이 열리며 고유의 아내가 울음소리와 함께 달려 들어왔다. 10년 동안 그리던 남편을 다시 만난 아내와 생전 처음 보는 부친

품에 안긴 아들의 기쁨은 그들이 10년의 괴로움을 참고 서로 노력한 선물이었다.

셋째 마당

차천의 오이

청백리의 깊은 뜻

청지기 염시도

출세한 옛날 종

털북숭이 이근

통제사 유진항

평안감사의 우정

한석봉과 기름 장수

행운의 까치

호랑이 등에 올라탄 허준

호원사

호환을 막은 박엽

차천車泉의 오이

전라남도 화순 고을에 배(裵) 씨라는 한 이방이 살고 있었다고 한다. 그에게는 자식이라고는 딸 하나가 있었을 뿐이어서 그들 내외에게는 날이 갈수록 어여뻐지는 딸을 보는 것이 단 하나의 즐거움이었다.

그 딸의 나이 스무 살이 되던 해 겨울, 처녀는 아침 일찍 물동이를 이고 지금의 화순읍 남산 기슭에 있는 '차천(車泉)'이라는 우물로 물을 길으러 갔다. 물을 길으려고 보니까 그 우물 위에는 뜻밖에 오이 한 개가 떠 있었다. 몹시 추운 겨울에 때아닌 오이가 있는 것을 이상히 생각하였으나 문득 그 오이가 먹고 싶어서 그만 먹고 말았다.

그 후 몇 달 되지 않아서 처녀는 몸이 이상해지는 것을 깨달았다. 처녀의 몸으로 그런 일이 있는 것은 기막힌 일이었으나 부끄러워 누구에게도 말 한마디 못 하고 혼자서 가슴만 태웠다. 그러던 어느 날 배 씨 처녀의 어머니는 딸의 몸이 이상한 것을 보고 깜짝 놀랐다. 이리하여 배 이방 내외는 딸에게 남자가 있는 줄로만 생각하고 문초도 하고 달래기도 하면서 사실을 물었으나 딸은 '차천'으로 물을 길으러 갔을 때 오이 한 개가 있기에 집어 먹었더니 그 후 아이를 잉태했다고 하면서 자기는 깨끗하다고 맹세했다.

처녀는 열 달 만에 옥동자를 낳았으나 배 씨 내외는 딸이 처녀의 몸으로 아이를 낳은 것은 죄악이라고 여기고 사람들이 볼까 두려워 집을 하나 따로 장만해서 거기서 아이를 기르도록 했다. 그리하여 한 보름쯤 지났는데, 배 씨 내외는 그래도 안심할 수가 없어서 밤중에 어린아이를 읍내 서남쪽으로 약 2리가량 떨어진 수풀 속 큰 정자나무 밑에 갖다 버리고 왔다.

며칠 후, 배 이방 내외는 사람들에게 알려질까 봐 두려워서 내다 버리기는 했으나 귀여운 손자가 너무 보고 싶었으며, 딸도 수풀 속에 내다 버린 다음 어떻게 되었는지 걱정이 되어서 밤에 등불을 켜고 침침한 수풀 속을 헤치면서 아이를 찾았다.

우거진 수풀 사이를 더듬어서 정자나무 밑에 이르렀는데, 희고 큰 이름 모를 새 한 마리가 한쪽 날개를 아기에게 깔아 주고 또 한쪽 날개는 아이를 덮어서 보호하고 있었다. 그 후 여러 번 가 보았으나 역시 그러한 모습으로 아이는 무사히 살아 있었다. 그 딸과 배 씨 내외는 오이를 먹고 난 아기인 데다 그러한 일이 있는 것을 보고 신기하게 여겨 다시 집으로 데리고 와서 기르도록 했다.

그러나 역시 사람들의 눈이 두려웠다. 그리하여 어떻게 하면 아이를 버젓이 기를 수 있을까 밤낮으로 생각했다. 여러 가지로 의논한 결과, 그들 내외는 능주(綾州)에 사는 친척 집에 갔다 돌아오는 길에 수풀 속에서 어린아이를 주워 왔다고 꾸미기로 했다.

배 씨 내외는 의논이 서고 나자 능주에 사는 친척 집을 찾아갔다. 그리고 거기서 사나흘을 묵은 다음 여러 사람과 같이 화순으로 돌아오게 되었다. 얼마쯤 가다가 어린아이가 있는 수풀 가까이 왔을 때 아무 소리도 들리지 않건만 수풀 속에서 아기 울음소리가 난다고 하여 사람들을 데리고 정자나무 밑으로 갔다. 그곳에는 지금까지 아기를 보고 있던 학은 날아가고 포대기에 싼 어린아이만 남아 있었다. 이것을 본 사람들은 매우 놀랐고, 배 이방 내외도 놀라는 시늉을 하면서 어떤 몹쓸 사람이 이런 곳에 아기를 내버렸는지 욕하면서,

"우리는 자식이 없으니까 데려다가 길러야겠다."

하고는 그 아기를 안았다.

사람들은 그렇게 하는 것이 좋겠다고 말했고, 이리하여 배 씨 내외는 아기를 데리고 와서 버젓이 기를 수 있게 되었다. 또 그것으로써 아들 없는 쓸쓸한 마음을 위로받을 수 있었다.

그 뒤 아기가 열 살이 되었을 때였다. 하루는 보조국사라고 하는 중이 배 이방의 집에 시주를 하러 왔다가 그 어린아이를 보고,

“댁에 있는 그 아이의 명(命)이 길지 못할 것입니다. 그 아이를 내게 주시면 액을 씻어 버리고 그 후에 훌륭하게 글을 가르쳐 후일에 돌려보내지요.”
하고 아이를 데리고 가기를 간청했다.

배 이방 내외는 아이의 명이 짧겠다는 말에는 허락하지 않을 수가 없었다. 그리하여 보조국사는 배 씨의 아들을 데리고 가서 그의 깊은 학식과 도술로 힘껏 가르쳤다. 후일 그는 국사가 되었는데, 그분이 곧 진각국사(眞覺國師)라고 한다.

청백리의 깊은 뜻

'청렴결백'이란 말이 있다. 이것은 말할 것도 없이 선비, 혹은 벼슬아치들의 욕심 없고 깨끗한 몸가짐을 두고 하는 말이다. 엄격하게 따진다면 벼슬아치는 특히 신분의 높고 낮음이나 귀천을 가리지 않고 으레 모두 그래야 옳다. 그러나 청렴결백이 모두 나랏일에 도움이 되는 것은 아니다. 청렴하되 정당하고 장래성 있는 계획으로 활용하도록 노력하는 일이 더 중요하다고 할 수 있다.

옛날, 정홍순이 딸의 혼례를 눈앞에 두게 되었다. 이즈음 정홍순은 호조판서로서 무엇 하나 부끄러울 데가 없었다. 따라서 사람들은 정홍순이 귀여운 외동딸의 혼례를 그야말로 화려하고 성대하게 치르려니 생각하고 있었다. 그중에서도 정홍순의 부인은 약혼 때부터 이것저것 혼자 궁리가 많았다.

그런데 정작 정홍순은 숫제 딸의 혼사를 잊기나 한 듯이 도무지 천하태평이었다. 그래도 부인은, 설마 하며 한 가닥 희망이 있었다. 하지만 날이 가도 혼수를 장만하는 눈치가 전혀 보이지 않자, 참다못해 물었다.

"대감, 우리 아이 혼례를 혹시 남들이 선사하는 것으로 때울 생각인가요?"

그 말에 정홍순이 펄쩍 뛰었다.

"그게 될 말이요!"

말로만 그런 것이 아니라 실제로 한 가지씩 들어오는 혼수용 선사품을 그때마다 모조리 돌려보냈다. 그뿐 아니라 그것이 만약 자기 부하의 경우에는 공개적으로 면박하며 크게 꾸짖었다.

"사람이란 누구나 제 할 바는 자기 스스로 장만하는 법이다. 호조판서인 나에게 남의 신세를 지라는 말이냐! 윗사람이 분에 넘치는 선물을 받으면 아랫사람은 그만큼 괴로움을 받게 되는 것이다."

그러면서 혼례 날짜는 하루하루 다가왔고, 부인의 조바심은 이를 데 없이 커졌다.

"대감께서 수고로우시면 저 혼자 준비할 테니 돈이나 넉넉히 마련해 주십시오."

정홍순도 그 말에는 할 말이 없었다.

"좋소. 대체 얼마나 돈이 필요하오?"

"적게 잡아도 6백 냥은 있어야지요."

부인은 아무렇지도 않게 말했다.

"600냥?"

정홍순은 눈이 휘둥그레져서 고개를 설레설레 흔들었다.

"6백 냥이 많기는커녕 제대로 하자면 한 천 냥은 들 것입니다."

"흠, 할 수 없소. 그러면 체면상 한 8백 냥으로 하겠으니, 어서 혼수 목록을 써 주시오."

정홍순이 갑자기 싹싹하게 말했다. 부인이 좋아하면서 혼인 채비 목록을 적어 준 것은 물론이다. 그런데 정홍순은 혼례식 날이 내일모레가 되어도 물건 하나 사들이지 않았다. 그뿐인가, 바로 혼인 전날에도 감감무소식이었다.

부인은 초조한 끝에 사랑에까지 나왔다.

"대체 어쩌시려는 셈입니까?"

그제야 정홍순은 정신이 번쩍 든 모양인지,

"아뿔싸, 큰일이 났구려. 부인이 적어 준 대로 백방 사람을 놓았는데, 이 사람들이 왜 이리 꾸물대는지 한 번 혼을 내야겠군!"

하며 애꿎은 남들만 탓했다.

기가 막혔지만, 혼사가 코앞인지라 부인도 더 이상 어쩔 수가 없었다. 그저 멍하니 바라보며 눈에 안타까운 눈물만 글썽글썽했다.

"자, 부인. 운다고 되는 일이 아니오. 이왕 이렇게 된 바에는 별수 없소. 혼례는 안 지낼 수 없으니, 명색만이라도 음식을 차리구려. 대단히 섭섭하겠지만 모두 내 잘못이니 용서하오."

정홍순은 부인 앞에 머리까지 숙였다. 이에 이르러서는 부인도 도리가 없었다. 부랴부랴 음식을 장만하고 혼수도 간신히 마련했다. 그러다 보니 격에 맞추기보다 적당히 때울 수밖에 없었다. 혼인날이라야 신부의 옷부터가 집에 두었던 나들이옷이고, 음식도 그저 여느 때 손님 몫만큼 분량을 늘였을 뿐이었다. 어쨌든 명색만의 혼인 예식은 정홍순의 부인이 고개를 쳐들지 못할 정도였고, 모인 손님들도 모두 어리둥절했다. 더구나 신랑은 실망이 대단했다. 이러한 일이 남의 입에 오르내릴 때마다 신랑은 마치 거지 대우라도 받은 듯이 모욕감을 느꼈다. 게다가 신랑 집은 가문만 좋았지, 당시 집안 형편은 말이 아니었다.

그러나 정홍순은 호조판서 딸이 빨래한 옷을 입고 시집갔다는 소문이 나돌아도 들었는지 못 들었는지 전과 다름없이 태연했다. 이것만으로도 신랑은 견디기가 어려웠다. 그런데 그보다 더한 일이 또 있었다. 그 후 가끔 처가라고 찾아가도

정 판서는 별로 반겨 주지 않고, 때가 아니면 숫제 식사도 얻어먹지 못했던 것이다.

"허 참, 왜 온다고 진작 통지를 안 했나. 우리 식구 밥만 끓였으니 어서 돌아가게."

사위는 장인이 매정하게 내쫓을 적에는 무안하고 또 분했다. 그렇지만 할 수 없는 일이다. 장인은 세도가 당당한 호조판서고, 자기는 한낱 하급 관리다. 그저 분함을 참고 돌아와서는 아내에게,

"난 앞으로 죽어도 처가 문지방은 타지 않겠소!"
하고 화풀이할 뿐이었다.

그 말대로 사위는 3년 동안 처가 문전에는 얼씬도 안 했다. 그러다가 하루는 정홍순이 일부러 사위와 딸 내외를 부르게 되었는데 사위는 처가에 갈 생각이 없었다. 그렇지만 그의 부친이,

"사위도 반 아들이라고 한다. 장인이 아무리 너를 괄시해도 너는 마땅히 도리를 다해야 하느니라. 어서 가 뵈어야 한다."
하여 마지못해 찾아갔다.

정홍순은 사위와 딸을 보더니 아무 말 않고 밖으로 함께 데리고 나갔다. 그리고 바로 새로 지은 큼직한 기와집을 가리키며,

"자 어떠냐? 이만하면 너희 내외는 고사하고 한 여남은 식구가 편히 살 수 있겠지."

하고 말하면서 무엇이 그리 좋은지 혼자서 싱글벙글했다. 사위는 그 뜻을 알아채지 못하면서도,

"예."

하고 장인의 뒤를 따라 안으로 들어갔다.

그 집은 바깥 모습도 깔끔하였지만 안은 더욱 깨끗했다. 게다가 또 방마다 세간이 짜임새 있게 들어섰고, 뒤쪽 곳간에는 양식도 제법 많이 쌓였다. 사위와 딸은 그만 눈이 휘둥그레졌다. 그런 모습을 즐겁게 바라본 정홍순은 껄껄 웃으며 딸의 등을 어루만졌다.

"보았느냐. 오늘부터 너희가 살 집이다. 애초 너희들 혼례에 쓰자고 생각한 8백 냥을 가지고 간간이 이용하여 천 냥도 넘었기에 이렇게 너희들의 살림을 장만한 것이다. 그간 섭섭했겠지만, 한때의 체면만 생각하고 그 돈을 없앴던들 오늘날에 이 열매가 맺었겠느냐. 사사로운 일뿐 아니라 나라 살림도 마찬가지로 낭비를 피하고 장래를 위한 저축에 힘써야 하느니라."

이때 딸 내외가 얼마나 감격했는지는 상상할 수 있을 것이다.

그 후 사위가 이날의 감동을 바탕삼아 역시 호조에서 이

름난 관리로 나라의 부를 이룩했다는데, 그 이름은 전해지지 않는다.

정홍순이 호조판서로 있을 때 또 이런 일도 있었다. 호조에서 어느 수하 관리로 김모라는 근면한 젊은이가 있었다. 그러나 김모는 항상 가난에 쪼들려 의관도 꾀죄죄하게 차리고 언제나 생기가 하나도 없었다. 정홍순은 전부터 눈여겨 오던 터인지라, '쓸모가 많은 사람인데 어째서일까?' 생각하고 어느 날 그 까닭을 물었다.

"그대는 나라의 봉록으로도 살림이 펴지지 않느냐?"

"아니올시다. 봉록은 넉넉하오나 군식구가 스무 명이나 되어 도무지 헤어날 수가 없습니다."

정홍순은 약간 놀랐다.

"그것은 처음 듣는다. 그래 너희 식구는 몇 명이냐?"

"여섯 명이올시다."

"그 나머지가 모두 군식구란 말이냐?"

"예."

"그러면 그 군식구를 모두 내쫓으면 되지 않느냐. 만약 그렇지 않고서는 네 말대로 가난에서 헤어나지 못하겠고, 또 자칫 나랏일에도 실수를 범하기 쉽다."

"저도 그런 생각이오나 모두 저를 의지하는 가난한 일가

친척인데 차마 그럴 수 없습니다."

"정 그렇다면 너는 내일부터 해직하겠다. 그래도 못 내쫓겠느냐?"

"예, 죽는 한이 있더라도 못하겠습니다."

"알았다. 그러면 내일부터 나오지 말라!"

세상에 해직 이유치고는 억울한 이유였다. 그러나 정홍순은 무정하게도 이 불쌍한 김모를 정말로 해직하여 버렸고, 그 후 1년이 지났다. 정홍순은 생각이 난 듯이 김모를 불렀다. 김모는 전보다 더 초라한 모습으로 호조에 들어왔다. 그렇지만 전보다 홀가분한 기색이 얼굴에 엿보였다. 정홍순은 짐작하는 바가 있었는지 고개를 끄덕이며 다정히 물었다.

"지금도 군식구를 기르느냐?"

"아니올시다. 대감께 해직당하자 모두 하나둘씩 나가더니 이제는 저희 식구만 남았습니다."

"하하하, 그것참 잘 되었다."

정홍순은 그것 보란 듯이 유쾌하게 웃었다. 그리고 어리둥절해하는 김모에게 이렇게 말했다.

"그러면 내일부터 다시 호조에 나와 일을 보아라. 너는 그동안 야속했겠지만 하도 보기에 딱하여 대신 군식구를 없애 준 것이다. 자, 여기 너의 1년 치 봉록이 있다. 이것은 휴직하는 동안 법에 따라서 지급되는 액수를 내가 모아 둔 것이다.

부디 나의 지나친 참견을 이해하고, 앞으로 나랏일이나 개인의 살림에 하나도 군짓이 없도록 힘써라."

김모가 그로부터 가정을 즐겁게 꾸리며 나랏일을 열심히 한 것은 말할 필요도 없다.

청지기 염시도

서울 사직골 허 정승 집에 염시도라는 청지기가 있었다. 청지기란 옛날 양반집 바깥마당에서 주인의 심부름을 맡아보는 한편 다른 하인들을 감독하는 상사람이다. 이 염시도가 어느 날 새벽 심부름을 갔다가 돌아오는 길에 돈 보따리를 하나 주워 가지고 왔다. 처음에는 무심코 집었다가 돈 보따리인 줄 알고 거기에 그냥 놓아두려 했다. 하지만 근처에는 사람 그림자 하나 보이지 않았기에 우선 집으로 가지고 왔던 것이다. 그런데 막상 보따리를 풀어 보았더니 자그마치 은돈으로 230냥이나 들어 있었다. 염시도는 보따리를 안고 허 정승이 잠이 깼을 때 사랑으로 달려가 돈 보따리를 내놓았다.

"누군지 모르겠습니다마는, 큰돈을 잃고 퍽 곤란을 당하고 있을 것입니다. 그렇지만 돌려줄 방법이 없으니, 대감께서 받아서 처리해 주십시오."

"음, 네 말대로 누군지 참 딱하게 되었구나. 그런데 대체 얼마나 되는 돈이냐?"

"은으로 꼭 230냥입니다."

"그건 적지 않은 돈이다."

허 정승이 혼자서 잠깐 생각하다가 물었다.

"그래, 돈 임자가 누군지 모르겠단 말이지?"

"예, 돈만 들었을 뿐 그 밖에는 아무것도 표가 없습니다."

염시도는 이렇게 말하면서 공연히 주워 왔다는 표정을 지었다.

허 정승은 그런 염시도를 보며 빙그레 웃었다.

"그래서 나더러 이 돈을 가지란 말이냐?"

"돈 임자를 찾을 길이 없습니다. 그렇다고 거기다 도로 버려 놓기도 이상합니다. 역시 대감께서 받아 두셨다가 하다못해 어려운 사람이라도 도와주시는 데 쓰시면 좋겠습니다."

허 정승은 갑자기 엄숙한 낯빛이 되었다.

"돈이란 몸에 지니고 있으면 남의 것도 내 것처럼 여기게 되는 법이다. 하물며 이 돈은 길에서 주운 돈이다. 설령 임자한테 돌려줄 수 없다 하더라도 돈을 주운 네가 마다하는 것을 내가 어찌 받아 두겠느냐?"

허 정승도 염시도 못지않게 난처한 표정으로 말했다. 그러다가 문득 한 가지 일이 생각났다.

"일전에 들은즉 김 판서 댁에서 말을 200냥에 판다고 했다. 혹시 이 돈과 무슨 관계가 있을지 모르니 한 번 가서 알아보아라."

염시도는 그 말대로 김 판서 집을 서둘러 찾아갔다.

"대감 댁에서 혹시 근자에 무엇인지 잃으신 것 없으십니까?"

"글쎄, 그런 일은 없는데?"

고개를 젓던 김 판서가 문득 한 가지 일이 생각난 듯 자기 집 청지기를 불러들였다.

"아무개가 말을 팔러 간 지 이틀이 지났는데 아직 소식도 없다. 대체 어떻게 된 일이냐?"

그 집 청지기가 뭐라고 대답하려 할 때였다. 사랑방 미닫이 밖에서 울음 반 비는 소리가 들렸다.

"대감마님, 죽을죄를 지었습니다."

"뭐라고?"

마루로 나서는 김 판서를 따라 툇마루로 나와 보니까 섬돌 아래 한 늙은 하인이 엎드려 있었다.

"소인을 죽여주십시오."

자초지종을 듣고 난 염시도는 그 늙은 하인이 말 판 돈 200냥과 따로 받았던 수고비 30냥을 모두 잃어버린 사실을 알게 되었다.

“대감께서는 우선 고정하십시오.”

염시도는 펄쩍 뛰는 김 판서에게 허리에 차 가지고 왔던 돈 보따리를 내놓았다. 그리고 길에서 주운 사실을 말한 다음 간절히 청했다.

“저 사람의 잘못을 부디 용서하여 주십시오. 그러면 저도 이 돈을 찾아드린 보람을 느끼겠습니다.”

김 판서는 멍하니 바라보다가 정신을 차리고 염시도를 사랑방으로 데리고 들어갔다.

“참으로 기특한 일이로다. 글 하는 선비조차 의롭고 정직하기 어려운 법. 자, 이 돈의 반을 상으로 줄 터이니 사양 말고 받아 주게.”

김 판서는 매우 감복한 듯 칭찬을 아끼지 않았으나 염시도는 김 판서의 제안을 정중하게 거절했다.

“천만의 말씀입니다. 잃었던 물건은 임자에게 돌아가는 것이 마땅하다고 저의 주인 대감께서 시키는 대로 하였을 뿐입니다.”

김 판서는 진심으로 감탄했다. 상으로 돈을 줄 생각은 더 이상 하지 않고, 그 대신 아침밥을 푸짐하게 대접해 주었다. 염시도는 이것마저 거절할 수 없었다. 그 대신 행랑방에서 그 늙은 하인과 겸상하고 싶다고 청했다.

이날 아침을 먹고 돌아갈 때 염시도는 김 판서에게 다시 한번 부탁했다.

"같은 말씀을 드려서 죄송합니다마는 부디 그 사람을 꾸짖지 마시기 바라옵니다."

이런 일이 있은 지 얼마 후 나라에 역모 사건이 일어났다. 많은 사람이 붙들려 형장의 이슬로 사라지고, 염시도의 주인 허 정승도 한패로 몰리게 되어 마침내 임금이 내린 죽음의 약사발이 집으로 보내졌다. 그런데 허 정승이 그 약사발을 마시려 할 때였다. 갑자기 염시도가 쫓아 들어와 허 정승과 함께 약을 마시려 해서 소란이 일어났다. 임금에 대한 신하의 충성심으로 주인을 섬기던 염시도인지라 그 뜻은 갸륵했다. 그렇지만 물론 말도 안 되는 일이었다.

"외람된 놈이다. 어서 물러가지 못할까!"

허 정승이 눈물 어린 꾸지람과 함께 염시도는 사람들에게 이끌려 곧장 대문 밖으로 내쳐졌고, 이로부터 얼마 동안 염시도의 모습은 서울 장안에서 보이지 않았다.

한편, 아무도 모르게 서울을 벗어난 염시도는 강원도 강릉 땅을 헤맸다. 단 하나밖에 없는 사촌 형을 찾아서 의지할 생각이었다. 그러나 사촌 형은 헤어진 지 이미 15년도 넘었다. 열 살 안팎의 일 이었기 때문에 얼굴도 똑똑히 기억나지 않았다. 다만 오래전 머리를 깎고 중이 되어 강원도 산골에 산다는 소식만은 확실했다. 그러니까 염시도는 어느 산, 어느 절인지도 모르면서 덮어 놓고 이 산 저 절을 찾아다녔던 것이다.

'할 수 없다. 나도 중이 되어 한평생 깨끗이 지내야겠다.'

염시도는 이렇게 결심했다. 그리고 마침내 어느 깊은 산속의 조그마한 절을 찾아 들었다. 여기에 도가 높은 중이 있다는 소문을 들었기 때문이다.

"저를 스님의 제자로 삼아 주십시오."

염시도는 법당 마루에 꿇어앉았다. 그러나 거기 앉은 도승은 감았던 눈을 잠깐 살며시 떴을 뿐 다시 조용히 감더니 산부처처럼 움직이지 않았다.

염시도는 엎드린 자세를 들지 못하고 대답을 기다렸다. 초저녁에서 한밤중, 그리고 날이 훤히 밝았지만 도승은 박힌 듯이 앉아서 아무런 말도 하지 않았다.

이윽고 해가 뜨자 염시도는 절 밖으로 일단 물러 나왔다. 거기서 문득 보니까 저 아래 비탈 밑에 오막살이 초가집이 보이고, 이어서 그 집 마당을 쓰는 처녀의 모습이 눈에 띄었다. 잠시 바라보던 염시도는 자기도 모르게 혼잣말이 나왔다.

"아리따운 처녀다. 중이 되느니 저 처녀한테 장가를 들고 싶구나."

그러고는 곧 자기 자신을 꾸짖었다.

'부처님 제자가 되려는 내가 무슨 속된 생각이냐? 이렇게 마음이 약해서는 안 되겠다.'

부랴부랴 절로 돌아온 염시도는 도승 앞에 꿇어앉았다. 그러자 잠든 듯 고요했던 도승의 얼굴이 갑자기 꿈틀거렸다. 그리고 염시도를 매섭게 노려보면서 점잖은 투로 말했다.

"너는 출가할 사람이 못 된다. 산을 내려가거라. 차후 비록 한때 고역을 치르겠지만 너를 도와줄 사람의 덕으로 복되게 살 것이다. 그리고 네가 방금 본 그 처녀와 천생연분이 있으므로 어느 해든 칠월 칠석날 만날 것이니 명심하여라."

염시도는 하는 수 없이 산에서 내려왔다. 절 문 밖에서 숲길로 사라져가는 염시도의 모습을 도승은 비로소 크게 뜬 눈으로 오래도록 바라보았지만, 염시도가 그것을 알 리 없었다.

"칠월 칠석, 대체 무슨 뜻일까?"

염시도가 하루를 실히 걸어서 산 밑 마을 근처에 도착할 때까지 도승이 한 말을 되새기고 있을 때 난데없는 호통 소리가 났다.

"이놈. 염시도야, 꼼짝 말아라!"

그리고 대여섯 명의 포졸이 떼 지어 달려들었다. 깜짝 놀란 염시도는 영문도 모르고 그 자리에서 결박당했다.

곧장 서울로 끌려와 큰 칼을 쓰고 옥에 갇힐 때까지 염시도는 도무지 까닭을 알 수 없었다. 그러다가 며칠 후 포도청에 끌려 나와서야 그 많은 죄인이 모두 허 정승 일파의 하인들이라는 것을 알게 되었다. 그러니까 역적모의의 뒤탈이 이제 하인들에게까지 미쳤던 것이다.

그런데, 이때 마침 죄수들을 다스리는 사람이 전날 염시도가 주운 돈을 돌려준 그 김 판서였다. 그러나 때가 때인 만큼 김 판서는 물론이거니와 염시도 역시 그 일은 꿈에도 생각하지 못했다. 김 판서라면 어떻게 했을지 모르겠지만, 염시도가 비록 상대를 먼저 알아보았다 하더라도 그와 같은 상황에서 지난 일을 꺼내지는 않았을 것이다.

첫날의 조사가 총총하게 끝났다. 김 판서가 자리를 뜨고 염시도는 다른 죄수들과 섞여 다시금 옥으로 끌려가게 되었다. 바로 이때였다. 눈이 휘둥그레 염시도의 앞뒤 모습을 살피는 늙은 사람이 있었다. 늙은이는 옥에까지 따라오더니 창살 틈으로 오랫동안 염시도를 보고 또 보았다. 그러다가,

"틀림없다. 바로 허 정승 댁의 청지기, 염시도다!"

하더니 이내 김 판서 집으로 뛰어갔다.

김 판서는 그 늙은 사람의 말을 듣고 깜짝 놀랐다.

"뭐라고? 그게 참말이냐?"

"예, 제 눈으로 똑똑히 보았습니다. 전날 허 정승 댁 청지기였던 염시도가 분명합니다. 대감께서도 아시다시피 그토

록 의로운 사람이 억울하게 죽는다면 소인은 앞으로 살아갈 염치가 없습니다."

김 판서 앞에서 눈물을 흘리며 염시도를 구해줄 것을 애원하는 늙은 사람은 전에 말 판 돈을 잃었던 그 하인이었다.

김 판서는 뜻밖의 얼굴을 하고 한숨을 크게 들이쉬었다.

"알았다. 지체 말고 그 염시도를 바깥 대청으로 불러오도록 하여라."

하인의 말이 아니어도 김 판서로서는 염시도의 사람됨을 익히 알고 있었다.

당시는 역모를 꾀한 집안의 하인을 모두 죽이는 것은 목적이 아니었고, 큰일을 치른 후 마무리로 삼는 한편 혹시 다른 음모가 있는지 살피는 것이 목적이었기에 염시도는 김 판서의 배려로 아무 탈 없이 옥에서 풀려나왔다.

그렇긴 하더라도 김 판서가 한낱 청지기에 불과한 염시도의 의로움을 높이 인정한 일과, 또 늙은 하인이 한 번 입은 은혜를 끝내 잊지 않은 일은 아름다운 이야깃거리였다. 김 판서는 게다가 또 염시도를 위하여 적당한 일자리를 널리 수소문했다. 그러다가 마침 허 정승의 생질 되는 신후제라는 사람이 상주 목사로 있는 것을 알게 되었다.

"내 너에게 편지를 줄 터이니 그것을 가지고 상주 목사한테 가 보아라. 거기서 일을 얻거든 부디 아무 걱정 말고 잘 지내도록 하여라."

김 판서는 떠나는 염시도에게 좋은 나귀를 한 필 선사하고, 노자도 충분히 보태 주었다.

이렇게 해서 서울을 떠난 염시도는 길을 서둘러 상주로 향했다. 그리고 막 경상도 상계 어느 마을에 닿았을 때다. 나귀가 큰길을 벗어나더니 바로 옆에 있는 커다란 초가집으로 뚜벅뚜벅 들어가 마당 한가운데에 우뚝 섰다. 염시도는 정신이 번쩍 들었다.

"이게 대체 무슨 일이지?"

염시도가 어리둥절하고 있을 때,

"신통도 하지! 부처님의 말씀이 이렇게 꼭 맞다니!"
하는 소리와 함께 한 노파가 어여쁜 처녀를 뒤따르게 하고 반갑게 맞아 주었다.

염시도는 어리둥절했다.

"아니, 대체……."

눈을 굴리는 염시도에게 노파가 재촉하듯이 말했다.

"오늘이 바로 칠월 칠석인 줄 몰랐나? 자, 우리 사위님. 어서 내리시게."

"칠월 칠석?"

염시도는 처녀를 슬쩍 보고 깜짝 놀랐다. 다른 사람이 아니라 전날 강릉 산골 절에 갔을 때 먼발치로 보았던 그 처녀였기 때문이다.

"칠월 칠석을 잊지 말라."

도승의 수수께끼가 그제야 풀린 것이다.

뜻하지 않게 어여쁜 아내를 얻은 염시도는 그 후 상주 목사 밑에서 일하다가 다시 서울에 올라와 살게 되었다. 그만큼 집안 형편이 핀 것이다. 염시도 내외가 모두 착하고 부지런해서 얻은 복이라 하겠다. 그리고 강릉의 도승이 바로 자기가 찾던 사촌 형이었다는 사실은 나이가 여든이 넘어서야 알게 되었다.

출세한 옛날 종

중종 임금 때의 일이다. 서울 남산골에 신가 성을 가진 선비가 살고 있었다. 선비라 하지만 착하고 어진 선비가 아니라, 고약한 상사람 이상으로 천하고 인색한 인간이었다. 신가는 우선 얼굴 생김새부터 괴상하기 짝이 없었다. 더구나 코가 칼날처럼 날카롭게 솟았기 때문에 '칼코 신'이라는 별명을 들었는데, 이것은 동시에 인색한 욕심쟁이라는 뜻이었다.

이 신가가 어느 날 밤 혼자 사랑방에 있을 때 마당에서 기침 소리가 났다. 얼른 미닫이를 열고 보니까 의젓한 옷차림을 한 젊은이 네 명이 툇마루 아래에서 머리를 숙이고 있었다. 신가는 우선 의아스러웠다. 낯모르는 사람들이지만 모두 행세하는 집안사람임이 분명해 보이는데 마치 자기 집 종처럼 굽신거렸기 때문이다.

"죄송합니다. 긴히 말씀드릴 일이 있어서 밤중에 이렇게 찾아뵈러 왔습니다."

그중에서 가장 나이가 많은 사람이 공손히 말했다. 신가는 네 사람을 방에 청해 들였다. 젊은이들은 방에 들어와서도 무슨 죄라 도 지은 사람처럼 윗목에 나란히 꿇어앉았다.

"대체 그대들은 누구며, 긴히 할 이야기란 또 무엇이오?"

"예, 제가 말씀드리겠습니다. 저희 네 사람은 종형제 사이입니다. 그리고 모두 댁의 종의 자식들입니다. 저희가 어릴 때 저희 부모가 몰래 댁을 뛰쳐나가서 그 후 요행으로 장사에 성공하여 행세도 하게 되었습니다. 그러나 아직도 저희 종문서가 댁에 남아 있어서 여러 가지로 떳떳지 못한 나날을 보내고 있습니다. 그래서 생각다 못한 끝에 여럿이 의논한 결과 한 사람 앞에 1천 냥씩 합계 4천 냥으로 종문서를 팔아 주십사고 청을 드리러 왔습니다."

말을 들은 신가는 갑자기 태도가 확 달라졌고, 욕심이 불처럼 일었다.

"알고 보니 그랬었구나. 그렇다면 종문서를 팔 수도 있지만, 한 사람 앞에 1만 냥을 내놓아야 한다."

신가는 한 번 말한 금액을 한사코 고집했고, 젊은이들은 애걸하다 지쳐서 그날은 일단 돌아갔다. 그리고 하루걸러 다시 찾아왔다.

"바로 말씀드리자면 저희 신분을 아는 사람은 하나도 없습니다. 그리고 댁에 있는 종문서 역시 이미 세상을 떠난 저희 부모 이름만 적혀 있지 저희 이름은 없습니다. 따라서 종문서는 있으나 마나 합니다마는, 그래도 옛 주인에 대한 은혜를 부모 대신 조금이라도 갚고 아울러 사죄하려는 것입니다. 그러니 1천 냥을 더 보태서 5천 냥으로 팔면 감사하겠습니다."

마치 흥정이라도 하는 것 같았다. 그러나 신가는 고집을 버리지 않았다.

"1만 냥에서 엽전 한 닢 빠져도 안 된다."

그런데 그 말이 떨어지고부터 묘한 일이 생겼다.

"그러시다면 할 수 없습니다."

그 중의 한 사람이 품에 손을 넣었다.

'옳지.'

일이 잘 된 줄 알고 신가가 내심 쾌재를 부를 때 젊은이들이 와락 달려들더니 품에서 꺼낸 밧줄로 신가를 꽁꽁 묶어버렸다. 그뿐인가, 신가의 입속에 커다란 찰떡 한 덩어리를 꽉 쑤셔 넣었다.

신가는 소리도 못 지르고 꼼짝도 못 한 채 방구석에 쑤셔 박혔다. 젊은이들은 벽장을 뒤지더니 신가가 간직한 자기 부모의 종문서를 찾아냈다. 그리고 화롯불에 넣어 깨끗이 태운 후 어디론가 사라졌다.

신가의 그런 꼴은 이튿날 글을 배우러 새벽에 찾아온 이웃 어린이들에게 발견되었다. 하지만 신가는 몸이 풀린 후 아이들에게 입을 봉하라고 타일렀을 뿐 그 이유는 말하지 않았다. 뜻하지 않은 봉변이었으나 남한테 이야기할 처지도 못 되었다. 그저 '만 냥의 돈을 탐내다가 찰떡 한 덩어리를 물리다니!' 하고 혼자 속으로 무척 후회하고 한탄할 뿐이었다. 그러나 신가는 결국 뒷날에 가서 뜻밖의 일로 그 젊은이들의 후한 보답을 받게 되었다.

이때 조정에는 반석평이라는 판서가 있었다. 그만한 벼슬자리에 있는 사람답게 학식과 덕망이 높았고, 또 나라에 공훈이 많았다. 그러나 실상 알고 보면 반석평은 원래 한 재상 집 종의 아들이었다. 다만 어려서부터 용모가 단정하고 지혜가 뛰어났기 때문에 재상의 사랑을 끔찍하게 받았다. 더구나 글재주가 비상하여 재상의 아들, 조카들과 함께 공부하면서 언제나 그들을 앞질렀다. 그러면서도 같이 공부하는 양반 아들들에게 미움이나 천대를 받지 않았다. 아니, 오히려 분에 넘치는 우정과 존경을 받았다. 재상은 또 어린 반석평을 자식이나 조카처럼 아끼며 키우다가 시골 선비의 양자로 주선하여 보내 주었다. 말하자면 상사람이 양반이 된 것이다. 이 일을 아는 사람은 그 당시 주인이었던 재상과 본인 반석평, 그리고 반석평의 양아버지뿐이었다.

반석평은 그 후 떳떳이 과거에 합격하고 또 인품과 충성심이 남달라 마침내 판서 자리에까지 올랐다. 반석평은 언제나 청렴하고 근엄하여 중종 임금은 물론이거니와 온 나라 사람의 칭찬과 존경을 한 몸에 받았다.

바로 이럴 즈음 반석평의 은인인 그 재상이 세상을 떠났다. 그리고 재상의 집이 갑자기 몰락하기 시작했다. 게다가 재상의 숱한 아들과 조카 중 어느 한 사람도 이렇다 할 벼슬을 얻지 못하고 더러는 길거리를 방황하게 되었다.

판서가 된 반석평이 그 소식을 모를 리 없었다. 하지만 반석평은 그들에게 알맞은 양식거리를 남몰래 보내 줄 뿐 결코 벼슬자리는 주선하지 않았다. 그만한 지위라면 어떤 벼슬이라도 쉽게 마련해 줄 수 있으련만, 역시 나라의 일과 사사로운 일을 섞지 않은 점이 반석평의 훌륭한 면이라고 할 수 있다. 그러한 사실을 모르는 재상의 자손들은 반석평의 도움을 받으면서도 그저,

"옛 공신의 후손을 돕는 인정 많은 반 판서다."
라며 감사할 뿐 그 반 판서가 코흘리개 때 자기 집 종의 아들이라고는 꿈에도 생각하지 않았다.

반석평은 재상이 타는 훌륭한 가마에 올라앉아서 길을 가

다가 옛 주인의 아들과 조카들을 만나면 부랴부랴 내려서 몸을 굽혔다. 한 나라의 재상이 초라한 젊은 선비를 마치 상전이나 되듯이 정중히 대하는 것이다. 보는 사람은 물론이고 정작 인사를 받는 그들도 그저 어리둥절하고 황송해서 어쩔 줄 몰라 했다. 이럴 때 반 판서는 으레 인사만 공손히 할 뿐 다른 말은 한마디도 하지 않고 다시 가마에 실려 가는 것이었다.

이런 일이 여러 번 계속되자 해괴한 소문이 퍼졌고, 반석평은 마침내 중종 임금께 스스로 나아가 자초지종을 숨김없이 고했다.

"이제는 벼슬보다도 옛 주인의 자제들이 자기 힘으로 나랏일을 할 수 있게 될 때까지 전날의 종으로 돌아가 은혜의 백분의 일이라도 갚는 것이 도리인가 생각합니다. 그렇더라도 지금까지 상감마마와 여러 사람을 속인 결과가 되고 또 나라의 체통마저 어지럽힌 죄가 작지 아니합니다. 우선 법에 따라서 형벌부터 내리시길 바랍니다."

중종 임금은 크게 감동했다. 나라의 법대로라면 비록 공훈이 많은 재상이지만 마땅히 관직을 빼앗아야 하고 또 무거운 벌을 내려야 한다. 그러나 중종 임금도 한때 영특하기로 이름난 임금이다. 그래서 다른 말은 하지 않고 특별한 처분을 내렸다.

"그대는 여전히 나랏일을 맡아 주고, 아무개 재상의 자손들에게는 적당한 자리를 주도록 하오."

이후 반석평이 어떻게 옛 주인의 자손을 대접했는가는 기록이 없다. 그러나 앞서 말한 신가의 옛 종들은 이 일을 알게 되자 크게 감명을 받았다.

"한 나라의 재상이 되어서도 지난날의 신분을 숨기지 않고 옛 주인을 지성으로 위하는데 하물며 우리 같은 처지에서야!"

탄복한 그들 네 형제는 바로 신가를 찾아갔다. 그리고 백배사죄한 끝에 돈 1만 냥을 바치고, 그 후에도 죽을 때까지 신가를 깍듯이 섬겼다고 한다.

털북숭이 이근

이근(李謹)은 조상 대대로 내려오며 벼슬을 많이 한 문벌이 좋은 집안의 자손이었다. 그는 태어날 때 고깃덩이 하나가 겨우 사람의 모습을 갖추었을 뿐, 털이 온몸을 덮어 마치 돼지 새끼와 같았다. 부모들이 놀라고 괴상히 여겨 처음에는 키우지 않으려고 포대기에 싸서 동산 가운데 나무 밑에 두었더니 어린애의 우는 소리를 듣고 까마귀가 모여들었다. 부모는 이를 불쌍히 여겨 다시 거두어 길렀는데, 성인이 되어서도 키가 석 자를 넘지 못하고 머리털이 땅까지 내려오고 수염이 한 자나 되었다. 걸음걸이는 휘청휘청하고 손발도 모두 털투성이라서 참으로 난쟁이 중에도 난쟁이였다. 사람들은 이를 보고 해괴하게 여기지 않는 자가 없었다.

이근 자신도 자기가 병신인 줄을 알고 사람만 보면 문득 숨고 문밖에 나가지 않았다. 그러나 남들보다 총명이 뛰어나 집에서 글을 배우는데 경전이나 사기(史記)에 정통하지 않은 것이 없었으며, 글을 잘 짓고 글씨도 잘 썼는데 그중에서도 시(詩)에 가장 능했다. 그리고 노래를 잘 부르고 휘파람을 잘 불었으니, 그의 천성이 그러했기 때문이었다.

이근의 문족(門族)인 장계(長溪, 장계 부원군의 약칭으로 봉호임) 황정욱이 그의 기이함을 소문으로 듣고는 그를 보러 왔다. 처음에는 몹시 해괴하게 여겨 시를 짓는 것을 시험해 보았다. 이근은 황정욱이 운을 내기가 무섭게 이내 시를 짓는데, 그 대구(對句) 채우는 것이 몹시 아름다웠다. 황정욱은 크게 칭찬하기를,

"이런 기이한 재주가 있는데 타고난 형상이 남과 다르니 어찌 아까운 일이 아니랴?"
하고 드디어 그의 부모에게 권하여 장가를 들이게 했다.

임진왜란 때 이근은 광주에 있는 선산 근처로 피난했다. 거기에서 졸지에 여러 왜적을 마주쳤다. 왜적들은 그를 보고 놀라 괴상한 짐승이라 생각하고 우뚝 서서 감히 가까이 오지 못했다. 그러나 오랫동안 보고 난 뒤에 붙잡아 서로 웃고 놀리더니 기화(奇貨)라고 여겨 그를 끌고 그들의 대장에게 갔다. 적장도 역시 놀라고 괴상히 여겨 사람인지 짐승인지 분

별하지 못하여 혹은 먹을 것을 던지기도 하고 혹은 회초리로 때리기도 하여 우는가, 먹는가를 시험했다. 그러나 이근은 본래 뜻이 굳고 용기가 있어 조금도 두려워하는 빛이 없었으므로 적장은 더욱 이상하게 여겼다.

어떤 늙은 왜인 하나가 와서 보고 말하기를,

"저 물건을 왜 빨리 죽이지 않느냐? 이것이 바로 조선에서 편전(片箭)을 쏘는 것들이다."

하니 모든 왜인이 모두 분이 나서 칼을 빼 들고 베려고 하자, 적장은 이를 말렸다.

그리고 밤이면 죽롱(竹籠)에 넣어서 도망가는 것을 막고, 왜승(倭僧)을 불러 그에 대해 점을 치라고 했다. 이때 왜승이 산통(算筒)을 던져서 괘(掛)를 지어 말했다.

"사로잡은 것은 곰도 아니요 범도 아니며, 이것은 바로 문왕(文王)이 여상(呂尙, 강태공)을 얻을 징조이니 어찌 이상한 물건을 얻은 것이 아니겠습니까?"

이에 적장은 크게 기뻐하며 조심하여 더욱 정성껏 대접했다.

왜적이 진을 친 곳은 바로 한강 제천정(濟川亭)이었다. 이때는 마침 7월 보름이어서 달빛이 대낮과 같았고, 강 물결은 마치 베와 같았다. 밤기운은 쓸쓸하고 벌레 소리는 찍찍거리는데 가을 소리는 사방에서 일어났다. 이근은 잠들지 않고 홀로 앉아 있으니 백 가지 생각이 가슴 속에서 일어났다. 그리하여 죽롱 속에서 길게 휘파람을 부니 그 소리가 처량하여 사람의 마음을 슬프게 했다. 모든 왜병은 놀라 일어나서 눈물 흘리지 않는 자가 없었다. 적장도 이 소리를 듣고 떠나온 고향 생각을 이기지 못해 눈물을 흘렸다. 적장은 비로소 죽롱을 열고 이근을 내놓으면서 말했다.

"무슨 괴물이 이리 기이한 재주가 있느냐! 지난번에 신승(神僧)이 점친 것이 헛말이 아니로구나."

그 말에 이근은 스스로 생각했다.

'태어나서는 이 세상의 이상한 물건이 되었고, 죽어서는 적에게 잡혀가는 혼이 되겠으니, 사람이 이 지경이 되어 만가지 일에 무엇을 관계하겠느냐? 지금으로서는 내가 요행히 이곳을 벗어나서 혼자 계신 어머님을 뵙는 것뿐이다.'

그러면서 마음을 놓고 웃음을 지으니, 적장이 술을 권했다. 이근은 주량도 또한 커서 병을 기울여 마음껏 마시고 술에 취하자 길게 노래를 불렀다. 그 노래는 초사(楚辭)였다. 온 진중(陳中)의 왜병들은 모두 감동해서 울었다. 노래가 끝나고 이근은 일어나서 춤을 추었는데, 좌우로 돌면서 머리를 흔들고 눈망울을 굴리고 손뼉을 치고 발을 구르는 등 백 가지 모양을 다 하니 모든 왜인이 손뼉을 치며 크게 웃었다.

춤이 끝나고 나서 이근이 눈물을 줄줄 흘리면서 목 놓아 슬피 우니, 이것을 본 자들도 함께 울었다. 적장이 물었다.

"너는 무엇 때문에 그렇게 슬피 우느냐?"

이근이 붓과 종이를 달라고 해서 써서 보이기를,

"80세가 되신 늙은 어머니와 헤어진 지가 이미 오래되었는데, 죽었는지 살았는지조차 알 수가 없어서 우는 것이오." 하니 적장도 이 말을 듣고 가엾게 여기며 감탄했다. 그리고 그의 필적을 보더니 혀를 차면서 여러 사람에게 말했다.

"이 물건이 몹시 괴이하고 이상하더니 이제 그가 하는 짓을 보니 또한 심상치가 않다. 이 물건을 진중에 둔다면 반드시 요망한 일이 생겨서 도리어 후회할 일이 생길 것이다. 두어서 유익하지 않고 죽이자니 차마 그럴 수도 없으니, 차라리 놓아 보내는 것이 좋겠다."

그 말을 듣고 모든 왜병도 옳다고 했고, 적장이 이근에게 말했다.

"네가 지금 집에 돌아가기를 원하고 있으니 네 소원대로 해 주겠다."

그러나 이근은 적장의 마음을 시험해 보려고 말했다.

"지금 길이 막혔으니 내가 가고 싶지만 어디로 가겠소? 이 진중에 있게 해 주시오."

"아니다. 넌 이곳을 떠나야 한다. 네가 가고 싶은 곳을 말해 보라."

"강화로 가고 싶소."

이근의 말에 적장은 진중에 잡혀 있는 조선인 4~5명을 불러내 조그만 배 한 척에 양식을 많이 실어주면서 강화로 보내 주었다.

강화에 이르러외사촌 박경신이 해주 목사가 되었다는 소식을 들은 이근은 바로 해주로 찾아갔고, 이근의 어머니는 목사의 삼촌 숙모이기 때문에 해주 관사에서 머물고 있었다. 그래서 모자가 서로 만나게 되었다.

"아! 난쟁이는 천지간의 병신인데 그 천한 재주를 가지고 적의 소굴을 벗어나서 늙은 어머니를 만나볼 수가 있었고, 또 나이 70이 가깝도록 살다가 죽었으며, 자손 또한 많았으니 어찌 하늘이 시킨 일이 아니겠느냐? 사람들은 혹 남이 병이 있고 약하고 어리석고 용렬한 것을 보면 반드시 비웃고 업신여기는데, 화복의 순환이란 사람의 일을 가지고 미리 짐작할 수가 없는 것임을 알지 못한다. 이근의 일도 또한 이상하지 않은가?"

감사 박경신은 자손이나 아랫사람들에게 항상 이근에 관한 이야기를 들려주었다고 한다.

통제사 유진항

조선 영조 임금 시절, 통제사 벼슬까지 지낸 유진항은 성격이 쾌활하고 의협심도 강한 사람이었다. 젊어서 그는 선진관으로 대궐 안의 수직을 맡아본 일이 있었다. 그때 나라에서는 마침 금주령을 내리고 이를 범하는 자를 엄하게 다스리는 때였다. 그 해는 흉년이 들어 먹을 것이 귀했기 때문에 귀한 양식으로 술을 빚지 못하게 한 것이다.

그런 어느 날 영조 임금이 유진항에게 칼 한 자루를 하사하며 이렇게 분부했다.

"듣자 하니 백성들 가운데에는 아직도 술을 빚는 자가 적지 않은 모양이다. 그대는 은밀히 염탐하여 모조리 잡아들여라. 5일간의 시한을 주되 그동안 한 사람도 잡지 못하면 그대가 대신 이 칼 아래 목숨을 잃을 것이니 명심하라!"

실로 어려운 일이며 또한 지엄한 분부였다. 유진항은 임금의 영을 어길 수 없어 한밤중 길거리를 이리저리 헤맸다. 하루 이틀이 헛수고로 지나가고 사흘째 되던 날 밤이었다. 이때 유진항은 남산골 막바지 근처에서 문득 수상한 집을 발견했다. 다 쓰러져 가는 오막살이 판자문이 삐끗 열리더니, 그 안에서 어떤 여인이 살금살금 밖으로 나와서는 둘레를 살피면서 저쪽으로 가는 것이다. 그 모습도 수상했거니와 그 순간 유진항은 여인이 앞치마로 가려 덮은 것을 조그마한 술항아리로 보았다.

'옳지, 이 집에서 밀주를 파는구나.'

유진항은 대문을 박차고 들어가려 했다. 그러자 어디선지 책 읽는 소리가 낭랑하게 들려왔다. 이 소리는 바로 그 집 대문 옆에 아무렇게나 뚫린 창문 안에서 들리는 것이었다. 유진항은 일단 멈칫했다. 그리고 가만히 창문 안을 들여다보았다. 아마도 그 집의 건넌방인 듯한 곳에 그득 쌓인 책이 눈에 띄었다. 그리고 안채로 향한 미닫이 옆에서 가물거리는 등잔불을 의지하여 지금 열심히 책을 읽는 사나이가 보였다.

'허, 이상한 것!'

유진항은 머리를 숙이고 고개를 갸웃거렸다.

'보아하니 과거 공부하는 가난한 선비 같은데 천한 상사람처럼 국법을 어겨서까지 술을 빚어 팔다니…….'

유진항은 잠시 망설였다. 하지만 자기 눈으로 똑똑히 본 이상 그대로 돌아갈 수는 없었다. 그래서 마음을 단단히 먹고,

'좌우간 들어가 보자.'

하고 대문 안으로 썩 들어섰다.

그러자 방 미닫이가 열리더니 책을 읽던 선비가 내다보았다. 아직 나이가 젊고 얼굴이 잘생긴 선비였다.

"이 밤중에 대체 뉘십니까?"

유진항은 도리어 위엄 있게 쏘아붙였다.

"국법을 위반하고 감히 술을 빚어 팔다니! 나는 상감의 명으로 너 같은 자를 잡으러 온 사람이다!"

순간 젊은 선비는 낯이 새파랗게 질려 아무 말도 하지 못했다. 그러다가 결국 결심을 한 듯이 조용히 말했다.

"죄송합니다. 이왕 이렇게 된 바에 변명은 하지 않겠습니다. 다만, 이제 잡혀가면 다시는 돌아오지 못할 몸이니 부디 늙은 모친께 작별 인사나 드리게 해 주십시오."

말을 들은 유진항은 그것마저 거절할 수가 없어서,

"알았다. 그렇게 해라."

하고 허락했다.

젊은 선비가 안방으로 들어간 후 유진항은 귀를 기울여 동정을 살폈다. 곧,

"어머님."

하는 소리가 들리고 이어,

"오, 너로구나. 아니, 밤중에 자지 않고 공부만 하다가 병이라도 나면 어떡하니? 그리고 갑자기 무슨 일이라도 생겼느냐? 왜 이리 낯빛이 달라졌느냐?"

하는 늙은 부인의 말소리가 들렸다.

"어머님, 전에 여러 번 차라리 굶어 죽을지언정 국법을 어기지 말자고 말씀드렸지만, 이제 일이 탄로나 잡혀 가게 되었으니 아마도 오늘이 마지막으로 뵙는 날인가 합니다."

"에구머니, 이게 웬일이냐? 난들 법을 어기고 싶었겠느냐마는, 네가 하도 굶주리기에 죽이나마 쑤어 줄 생각이었는데, 아이고, 이 일을 어쩌면 좋으냐?"

늙은 모친은 말보다 통곡이 앞섰다. 거기에 겹쳐 언제 돌아왔는지 선비의 아내인가 싶은 젊은 여인의 울음소리도 들렸다.

"여보, 운다고 되는 일은 아니오. 이렇게 된 것도 모두 내가 용렬한 탓이니 누구를 원망하겠소. 다만 늙으신 어머님을 봉양할 사람이 없고, 아래로 집안을 이을 자식이 없어 죽어도 눈을 감지 못하겠소. 부디 어머님을 나 대신 잘 돌봐 드리고 또 일가 중에서 양자를 구하여 뒷날 조상의 제사가 끊어지지 않게 해 주오."

이렇게 신신당부하고 젊은 선비는 울먹이면서 건넌방으로 돌아왔다. 그리고 옷매무새를 고치면서 이렇게 말했다.

"오래 기다리시게 했습니다. 어서 나를 묶어 가십시오."

그들의 이야기를 듣고 있던 유진항은 갑자기 측은한 생각이 들었다. 그래서,

"그대의 자당께서는 올해 춘추가 몇인가?"

하고 물었다.

"예, 올해 75세입니다."

"그러면 형제는 몇이나 되나?"

"부끄러운 노릇이지만 3대째 내려오는 독자올시다."

"허 참, 딱한 사정이구나!"

유진항은 자기 일이나 되는 듯이 땅이 꺼져라 한숨을 지었다. 그리고 잠시 무엇인가 혼자 생각에 잠기더니 이윽고 머리를 크게 끄덕였다.

"여보게, 내 말을 좀 들어보게."

"예, 무슨 말씀입니까?"

"실은 상감께서 친히 영을 내리시어 5일 안에 술 빚는 사람을 반드시 잡아들여야지 만일 아무도 못 잡으면 내 목숨을 대신 바치라 하셨네. 그래서 오늘이 꼭 사흘째 되는 날이라네. 그러나 지금 차마 그대를 잡아갈 수 없네."

선비는 그 뜻을 알아듣지 못하고 잠시 어리둥절해했다.

"그게 무슨 말씀입니까? 나를 안 잡아 가면 목숨을 잃을지도 모른다 하지 않았습니까?"

"그렇네. 하지만 나는 자식 둘을 두었고, 또 부모를 봉양하는 처지도 아니니 숫제 내가 대신 죽임을 당하겠네."

목숨이 오가는 중대한 일인데 유진항은 매우 담담하게 말했다. 젊은 선비는 뜻밖의 말을 듣고 멍하니 유진항을 쳐다보았다. 어쩌면 심한 조롱이 아닌가 싶은 그런 표정으로도 보였다. 그 눈치를 챘는지 유진항은,

"이것은 결코 농담이 아니네."

하며 껄껄 웃어 보였다.

"자, 내 뜻은 이미 굳었으니 그 대신 한 가지 청만 꼭 들어주게."

그러면서 이번에는 정말로 농담 비슷하게 말했다.

"대체 무슨 청입니까?"

"딴 게 또 있겠나. 자, 우리 그 술독을 모두 부숴 버리는 것이네."

젊은 선비는 유진항의 뜻을 이해하지 못했다. 그러나 이 말을 안 따를 수가 없었다. 이리하여 유진항은 젊은 선비와 함께 벽장 깊숙이 숨겨두었던 술독을 뜰에 내놓고 부숴 버렸다. 그런 후 허리에 찼던 칼을 풀어 주며,

"자, 이 칼을 받게. 변변치 않으나 호박으로 장식한 나의

패검이네. 누구든 마땅한 사람에게 팔면 다소나마 가용에 보태 쓸 수 있을 것이네."
하더니 뒤도 돌아다보지 않고 밖으로 나갔다. 유진항은 기겁하고 쫓아오는 선비를 본체만체했을 뿐 아니라,

"제발, 성함만이라도 말씀해 주십시오."

하는 것을,

"그저 하찮은 선전관이라고만 알아 두시오."

하고 어느 틈엔가 모습을 감춰 버렸다.

이리하여 유진항은 결국 술 빚어 파는 사람을 하나도 잡지 못했다. 약속된 5일의 기한을 넘긴 후 유진항은 죽음을 각오하고 영조 임금 앞에 엎드렸다. 그러나 영조는 차마 죽이지는 못하고 유진항을 멀리 제주도로 귀양 보냈다.

귀양살이를 한 지 3년이나 지났을까. 그제야 영조는 노여움을 풀고 유진항을 경상도 초계 군수로 임명했다. 초계는 험한 산골, 가난한 고을이다. 그래도 여태까지 귀양살이하던 몸으로는 뜻밖의 승진이었다.

그런데 유진항은 운수가 사나웠다. 이 고을에 부임한 지 불과 1년 만에 또 임금의 노여움을 사게 되었다. 사실은 수하 관리들의 죄를 뒤집어쓴 것이다. 어쨌든 어제의 군수가 죄인으로 암행어사 앞에 꿇어앉게 된 것은 이만저만한 낭패가 아니었다.

"그대는 군수의 몸으로 나라의 재산을 축냈다 하니 그것이 사실인가? 바른대로 고하라!"

높다랗게 앉은 암행어사가 호령했다.

유진항은 암행어사의 목소리를 듣고 갑자기 정신이 번쩍 들었다. '저 목소리는 어디서 한 번 들은 것 같다'는 생각이 번개처럼 머리를 스쳤지만, 감히 고개를 들지 못했다. 그러다가 암행어사가 재차,

"왜 아무 말도 하지 않는가?"

하고 꾸짖었을 때 유진항은, '혹시……?' 하면서 감히 머리를 들었다. 그리고 암행어사의 얼굴을 보며 놀라 물었다.

"어사께서는 저를 몰라보십니까?"

암행어사로서는 뜻밖의 일이었다. 잠깐 의아한 눈으로 유진항을 내려다본 후 무슨 곡절이 있다고 생각하였는지,

"그대는 나를 알고 있단 말인가?"

하고 물었다.

"어사께서는 혹시 전날 남산골 입구 동네에 사신 일이 있으시오?"

"음, 그런 일이 있었소."

"그러시다면 어느 날 밤 금주령에 얽힌 일로 인하여 사귀게 된 선전관을 기억하시오?"

순간 어사는 깜짝 놀라 눈을 크게 떴다.

"기억하다마다요!"

"실은 이 사람이 바로 그 선전관이오."

말을 듣고 어사는 버선발로 섬돌 아래에 뛰어 내려왔다. 그리고 유진항의 손목을 덥석 잡았다.

"이게 웬일이십니까? 전날의 은혜를 갚고자 하루도 찾지 않은 날이 없었습니다. 이제 이렇게 은인과 만나게 된 것도 하늘의 도움인가 봅니다."

이후의 일은 적을 필요가 없을 것 같다. 사실 유진항에겐 죄가 없었기 때문에 당장 몸이 풀려나올 수가 있었을 것이다. 이 이야기는 훗날 임금에게 알려져 마침내 유진황은 통제사를 지내게 되었다. 유진항의 의로움을 크게 칭찬하며 중한 벼슬을 내린 것이다.

평안감사의 우정

김 아무개와 박 아무개는 어려서 한동네에 살면서 공부도 함께 했다. 그래서 클수록 정이 두터워지더니 마침내는,

"우리는 죽을 때까지 우정을 버리지 말자. 훗날 누가 잘되든 반드시 복과 재앙을 함께 나누자."

하고 굳게 맹세하고 형제의 의를 맺었다.

그런데 여러 해가 지난 후 김과 박 두 사람의 처지가 하늘과 땅처럼 달라졌다. 김은 과거에 거뜬히 합격하더니 벼슬을 얻고 형편이 날로 부유해 갔다. 이에 반하여 박은 과거에 실패만 거듭하다가 가세마저 몰락하여 끼니를 굶을 지경에 이르렀다. 이렇게 되면 박은 김을 의지할 수밖에 없고, 김 역시 박을 안 도울 수가 없다. 다만 김은 약속을 아주 저버리지 않고 박을 돕기는 했지만, 마치 거지를 동정하듯 굶어 죽지 않을 정도의 양식밖에 주지 않았다. 박은 창피함과 야속함을 참지 못했으나 어쩔 도리가 없었다. 그래도 김은 ,

"내가 장차 벼슬에 올라가면 그때 가서 충분히 돌봐주겠네."

하고 박을 만날 때마다 위로했다.

이런 날이 그 후에도 오래 계속되었다. 김은 과연 평안감사가 되었다. 그런데 평양으로 부임하러 떠날 때 김은 박에게,

"앞으로도 식량을 보낼 것이니 굳이 평안도까지 찾아올 것 없네."

하고 말했다.

박은 이 말을 믿고 더욱 고마워했다. 그러나 한번 떠난 김은 그 후 소식도 없고 양식도 보내 주지 않았다. 여태까지 김만 의지하며 살아오던 박은 살 길이 끊어진 셈이다. 박은 자신의 배고픔보다 식 구들의 굶주림이 더 견딜 수가 없었다. 참다못한 박은 드디어 천 리 길 평안도를 몸소 찾아가 보기로 했다. 그리하여 누더기 같은 옷을 입고 노자 한 푼 없이 길을 떠나게 되었다. 걸식하며 부르튼 발을 끌고 평양에 가까스로 닿긴 했지만, 여기서 박은 하늘이 무너지는 것 같은 꼴을 당하고 말았다. 평안감사라면 그 당시 누구보다 권세있고 호강스러운 벼슬자리였다. 그런데 김은 불쌍한 친구를

마지못해 맞아 주고, 조금도 반가워하지 않았다. 그뿐인가, 식은 밥 한 그릇을 마룻바닥에 차려 주며,

"아무 말 말고 어서 돌아가게."

하고 냉정하게 말하는 것이었다.

박은 분함이 한꺼번에 복받쳐 당장 상을 차고 싶었지만 차마 못 하고 벌떡 일어섰다.

"이럴 줄은 꿈에도 몰랐네."

박은 울먹이면서 뜰로 내려섰다. 그러나 김은 말리기는커녕 그대로 앉은 채 차디찬 눈길로 바라보면서 박이 휑하니 문밖으로 나갈 때까지 꼼짝도 안 했다.

박은 곧장 성 밖으로 나왔다. 생각 같아서는 대동강 깊은 물에 몸을 던지고 싶었다. 그러나 집 식구를 버릴 수 없어 박은 휘청휘청 하염없이 걸었다. 얼마를 걸었을까. 날이 어두울 무렵 겨우 길가 방앗간으로 찾아들어 그만 쓰러지고 말았다. 그러자 어느 늙수그레한 여인이 박을 방으로 데리고 들어가서,

"시장하실 터이니 우선 진지나 드시고 편히 쉬었다가 가시지요."

하고 조촐한 밥상을 차려다 놓았다. 몇 가지 안 되었으나 따뜻한 고기 찌개에다가 쌀밥, 거기에 술도 몇 잔 곁들여 있었다.

"이것은 감사께서 보내신 음식입니다."

여인은 간단히 말하고 물러갔다.

"뭐라고? 그놈이 나를 죽지 않을 만큼 고생시키려는가 보다."

괘씸한 생각이 불쑥 났다. 하지만 여러 날 굶은 창자가 마냥 쓰라려서 어느새 손이 먼저 숟가락을 잡고 있었다. 이튿날 박이 깨어 보니까 방앗간은 원래 빈 집이었다. 밥을 가져다준 여인은커녕 세간 같은 것도 눈에 띄지 않았다.

박은 몹시 이상했지만 돌아갈 길이 더 급했다. 며칠을 두고 비틀비틀 걸었다. 아무 데에서나 자며 체면 불고하고 얻어먹었다. 옷이 넝마처럼 헐고 몰골은 귀신같았다. 원망도 지치고 집 걱정마저 잊었다. 그저 정처 없이 한 치 한 치씩 간신히 발을 옮겼다. 어찌어찌해서 송도 가까이 왔을 때였다. 갑자기 관청 하인 차림을 한 사나이가 뒤쫓아 오더니,

"평안감사께서 주신 편지올시다."

하고 편지 한 장을 건네준 후 바로 돌아갔다. 박은 어리둥절해하면서 겉봉을 뜯었다.

"자네 집에 초상이 났으니 어서 돌아가게."

편지 사연은 간단했다. 그렇지만 박은 아찔했다. 초상이라고 했기 때문에 누가 죽었는지 모르겠지만, '좌우간 식구 중 누가 굶어 죽은 게 분명하다'고 생각했기 때문이다.

엎친 데 덮친 격이랄까. 정작 자기가 죽을 고비에서 헤매는 처지이면서도 박은 정신을 똑바로 차리고 걷고 또 걸었다. 도깨비에 홀린 사람처럼 마구 걸어서 집에 간신히 돌아온 박은 또 거의 기절할 듯이 깜짝 놀랐다. 전에 살던 오막살이에는 식구들 아닌 남이 살고 있지 않은가. 박은 가슴이 미어졌다.

"아뿔싸. 기어코 집마저 팔아 버렸구나! 틀림없이 온 식구가 거리를 헤매다가 누가 죽었나 보다."

연신 같은 말을 되뇌면서 흐르는 눈물도 씻지 않고 한밤중 거리를 정처 없이 더듬었다. 자정을 알리는 인경 소리가 들렸다. 지금으로 말하자면 통행금지 신호다. 박은 어느 집 대문에 기대 '피식'하고 주저앉았다. 그 집은 고래등같은 기와집이었다. 때아닌 인기척에 놀랐는지 안에서 어린 종이 대문을 열었다. 이렇게 바깥을 내다본 어린 종은 박을 보더니,

"에구머니나, 이 어른이 혹시……."

하고 눈이 휘둥그레졌다. 그리고 무슨 귀신에라도 쫓기듯 안으로 뛰어 들어갔다.

몽롱한 중에서도 박은 다시 일어나 안쪽을 들여다보았다. 그러자 안에서 상복 입은 젊은이가 좇아 나오고, 또 같은 차림의 여인이 두서넛 뒤따라 나왔다.

순간 박은,

"오 내 아들, 우리 식구들이다!"
하고 외치며 눈이 휘둥그레졌다.

그러나 정작 기겁을 한 사람은 안에서 나오다가 우뚝 서버린 그 집 식구들이었다.

"아버님, 이게 웬 일이십니까?"

아들은 벌린 입을 다물지 못했고,

"아, 여보!"
박의 아내는 숫제 땅에 철벅 주저앉아 버렸다.

그 모습들이 마치 이 세상 사람이 아닌 귀신, 다시 말해서 죽은 사람의 혼을 대하는 것만 같았다. 박이 우연히 들여다본 안채 큰 마루에는 참말로 장례식 채비가 차려져 있었다. 어쨌든 집 안으로 들어온 박은 식구들의 얘기를 듣고서야 궁금증이 사라졌다.

박이 평안도로 떠난 지 얼마 후 식구들은 평안감사의 심부름꾼이 내려와 지금 집으로 이사를 시켜 주었다. 물론 좋은 집에다가 곡간에는 식량이 그득 차 있었다. 그런 후 한동안 소식이 없더니 엊그제 별안간 관을 떠메고 온 사람이 있었다. 역시 평안감사가 시켰다며,

"주인께서 평양에 계시다가 병환으로 돌아가셨소."
하고 그대로 가 버렸다.

이래서 내일 출상을 할 참이었는데, 거기서 공교롭게도 박

이 돌아왔다는 것이다.

"그러니 모두 놀랄 수밖에 없지요."

하고 아내가 말했다. 꼭 귀신인 줄 알았다는 얘기였다. 마루 한복판에 관이 놓였으니 그럴 노릇이다. 울음소리가 가득 찼던 집은 삽시간에 웃음바다로 변했다. 그러나 정말로 감격해야 할 일은 박이 관 뚜껑을 열었을 때 일어났다. 관에는 송장 대신 동전, 은전들이 그득히 들어 있었다. 그리고 거기 곁들여 얹힌 종이에는 다음과 같은 사연이 적혀 있었다.

"재물을 거저 얻으면 쉽게 없애고, 또 게을러지는 까닭에 마음에 없는 고생을 시켰네. 이것은 내가 그간에 절약하여 모은 돈이니 부디 뜻있게 쓰고 또 후에 출세할 밑천으로 써 주게."

박은 김의 편지로 얼굴을 감싸고 흐느껴 울었다. 이때 박은 어떤 심정으로 무엇을 느꼈을까?

한석봉과 기름 장수

한 석봉이 어머니 덕분으로 꾸준히 공부하여 처음으로 이름을 떨치기 시작한 어느 날의 일이다. 한석봉은 큰 저잣거리를 걷고 있었다. 그가 어느 기름 가게 앞을 지나가려니까 기름병을 든 소년이,

"참기름 닷 돈어치만 주세요!"

하고 외쳤다. 한석봉은 저도 모르게 발걸음이 멈추었다. 기름을 사려면 의당 가게 안에 들어가야 할 텐데 소년이 밖에서 기름집 높은 다락을 쳐다보며 소리를 질렀기 때문이다. 그러자 다락 창문이 열리더니 주인 얼굴이 쑥 나타나 커다란 기름 항아리를 바깥쪽으로 번쩍 쳐들었다.

"그래, 알았다. 하지만 지금 바쁘니까 거기서 받아다오."

한석봉은 호기심이 솟아 길에 선 소년과 다락 위의 주인을

번갈아 쳐다보았다. 주인이 항아리를 기울이자 소년은 기름병을 떠받쳤고, 다음 순간 세상에 보기 드문 광경이 벌어졌다. 높이가 세 길이나 되는 다락 위에서 항아리 주둥이로 흘러 쏟아지는 기름이 마치 한 올의 실처럼 되어 곧장 기름병 좁다란 주둥이 속에 빨려들어 가는 것이다. 그뿐인가. 기름병에 거의 찼을 무렵 그것이 가위로 잘리듯이 뚝 끊어졌는데 놀랍게도 기름은 한 방울도 땅에 흘러 떨어지지 않았다.

위에서 주인이,

"이젠 됐다. 가거라."

하면서 모습을 감추고, 아래서는 소년이,

"기름값은 외상이어요."

하더니 쪼르르 달려갔다.

한석봉은 눈이 휘둥그레진 채 한동안 입을 다물지 못했다. 무슨 요술이라도 구경한 듯한 기분이었다.

'놀라운 솜씨다! 그 높은 곳에서 한 방울도 안 흘리다니! 이만저만한 연습이 아니고는 도저히 엄두도 못 낼 일이다. 그렇다면, 저 주인에 비하면 나는 아직 멀었구나.'

한석봉은 몇 번이고 같은 생각을 되풀이했다. 그리고는 한낱 기름장수 솜씨지만 저 정도 될 때까지 얼마나 공을 쌓았겠는가 생각하면서 자신의 글씨 솜씨가 미숙함을 새삼 깨닫고 이날부터 문을 닫고 들어앉아 다시 공부를 시작했다. 소년 시절보다 몇 곱 되는 결심과 노력이었다. 뒷날 한석봉이 천하의 명필로 이름을 떨친 것은 어머니와 이 기름 장수에게서 얻은 깨달음이 큰 밑바탕이 되었다는 이야기이다.

행운의 까치

조선의 성종 임금은 손수 백성들의 형편을 살피러 다니는 일이 많았다. 다행히도 여러 대신은 맡은 구실을 올바르고 충성되게 해 주었다. 그러나 성종 임금은, '좀더 백성들을 복되게 해 줄 수는 없을까? 그리고 들에 파묻혀 고생하는 인재는 없나?' 하는 생각을 언제나 가지고 있었다. 이렇게 불쑥 생각이 날 때는 변장하고 밤을 기다려 혼자서 살짝 대궐을 빠져나가곤 했다.

그날도 성종은 밤이 깊어 미복을 하고 동대문 밖 으슥한 길을 걸었다. 마침 대낮처럼 밝은 달을 쳐다보며 길가의 오막살이 외딴집 근처에 왔을 때다. 성종은 지나쳐 가다가 무심코 발을 멈췄다. 쥐 죽은 듯이 고요하던 그 집 사립문이 갑자기 삐그덕 하는 것이었다. 기척을 들은 성종은 버릇대로 냉큼 그늘로 가 숨었다. 그리고 달빛이 비치는 그 집을 가만히 살펴보았다. 반쯤 열린 사립문으로 한 노파가 살금살금 밖으로 나왔다. 모습이 마치 누구에게 들키지 않을까, 겁내는 것 같았다.

'안주인임이 분명한데, 왜 저럴까?'

그런데 정작 수상한 일은 그다음부터 일어났다. 사립문 옆 큼직한 감나무 위에서 밤중인데 별안간, '까악, 깍!' 하고 까치 울음소리가 났다. 그러자 노파가 위를 쳐다보며 '까악!' 했고, 위에서 또 그 소리가 들려왔다. 이러기를 몇 번이나 되풀이했을까? 성종은 하도 이상해 입을 딱 벌린 채 멍하니 보고만 있었다. 세상에서 보기 드문 광경이 언제 그칠 줄 모르게 계속되자 마침내 성종은 참지 못하고 큰기침했고, 순간 노파가 기겁하면서 안으로 도망해 들어갔다. 곧이어 나무 위에서 어떤 사람이 허겁지겁 내려오더니 노파의 뒤를 따라 들어갔다.

"허, 별일을 다 보겠다. 아무래도 무슨 까닭이 있는가 보다."

성종 임금은 막 닫히려는 사립문까지 달려가 몸으로 밀다시피 하고 들어섰다. 보니까, 저 만큼 처마 밑에 늙은 내외가 오들거리며 서 있었다. 성종은,

"놀라게 해서 미안하오. 그러나 댁에 무슨 곡절이 있어 보

이기에 이렇게 체면 불고하고 들어왔소."
하고 점잖게 물었다.

늙은 내외는 머리를 가슴까지 푹 숙인 채 대답을 못했다. 그 태도로 보아 그들은 무엇보다 부끄러워 어쩔 줄 몰라 하는 것 같았다. 그러다가 무슨 결심을 했는지,

"뵙자 하니 여느 분 같지 않아서 솔직히 말씀드리겠으니 누추하지만 우선 방에 잠시 드십시오."
하고 노인이 머리를 깊숙이 숙였다.

성종은 물론 사양할 리가 없다. 우선 주인을 따라 윗방에 들어갔다. 거기에는 깨진 기름 잔에 심지 불이 가물거리고 둘레에는 책이 산처럼 쌓여 있었다.

'허, 이 사람은 늙은 몸으로 공부를 많이 하는구나!'

성종은 속으로 감탄했다. 인사를 나눈 노인이 사정 이야기를 털어놓았다.

"나는 원래 가난한 선비로 어려서부터 과거에 뜻을 두고 열심히 공부해 왔습니다. 그러나 운이 없는지 나이 50이 넘도록 번번이 낙 방만 거듭해 왔습니다. 그러다가 어느 해 지나가던 중이 '문 앞 나무에 까치집이 생기면 틀림없이 과거에 합격할 것'이라는 얘기를 했습니다. 잘 생각하면 한낱 미신에 불과하지만, 원체 초조한 때라서 그렇게라도 해 볼 생각이 들었습니다. 그래서 일부러 감나무를 한 그루 심어 놓

고, 또 그것을 키워 가며 까치가 와 주기를 고 대하였습니다. 그렇지만 나무를 심은 지 십 년이 훨씬 지났어도 까치집은커녕 한 번 날아와 앉지도 않았답니다. 내일모레면 또 큰 과거가 있는데, 기다리는 까치는 여전히 오지 않습니다. 그래서 생각다 못하여 늙은 내외가 이렇게까지 흉내를 내고 있었습니다. 그것을 그만 보여 드리게 되었으니 부끄러운 마음 측량키 어렵습니다."

늙은 선비는 눈물마저 글썽이며 얼굴을 푹 숙였다. 상대가 성종 임금인 줄 몰랐기에 망정이지, 만약 알았다면 아마도 말을 하지 못했을 것이다.

한동안 깊은 생각에 잠겼던 성종은,

"허 참, 딱한 사정이구려. 그런 줄 모르고 나로 인하여 공연한 훼방을 당했으니 내가 오히려 미안하오."

하고 한껏 위로했다. 그리고는,

"염려 마시오. 나는 지나가는 나그네지만 아무한테도 발설 않으리다."

하고 안심시켜 놓은 후 일어섰다. 늙은 선비는 돌아가는 사람에게 인사를 할 경황도 없이 멍하니 앉아 있었다.

그런 일이 있고 며칠 후 과거 시험이 열리고 글제가 나붙었다. 글제는 다름 아닌 '까치'였다. 쉬운 듯하지만 어떻게 다루어야 할지 모르는 제목이었다. 물론 이와 같은 일은 처음이다. 선비들은 모두 어리둥절했다. 그들이 여태까지 재주와 노력을 다해 온 공부의 방향과는 너무도 멀었기 때문에 정말 어디서부터 붓을 대야 옳을지 엄두가 안 났다. 그러나 이 숱한 선비들 중에서 오직 한 사람만은 그 뜻을 얼핏 알 수 있었다. 알다 뿐인가, 그 사람은 눈에 눈물이 그득 고여,

'아마도 엊그제 그분이 성종 임금이신가 보다. 그렇다면 이보다 더 황공한 일이 또 어디 있겠는가!'

하고 잠시 엎드린 자리에서 일어나지를 못했다.

그날 밤 까치 울음 흉내를 내다가 성종에게 발견된 늙은 선비는 감격이 컸던 만큼 글이 저절로 나올 수밖에 없었다. 다른 선비들이 미처 생각도 다듬지 못하는 동안 단숨에 써낸 글을 또 제일 먼저 바치게 되었다. 이 글이 시험관에 의해 합격했다는 보고를 받은 성종은,

"그는 과연 까치의 영험을 어떻게 생각할까?"

하고 혼잣말하며 빙그레 웃었다.

호랑이 등에 올라탄 허준

조선 선조 임금 때 허준이라는 명의가 있었다. 지금도 한방 의사라면 누구나 보배처럼 간직하는 《동의보감》이라는 의술 책을 편찬한 이다. 선조 임금의 명을 받은 허준이 이 책을 완성한 것은 그다음 임금인 광해군 때의 일이었다. 이 책에서 허준은 사람의 병을 과별로 분류하여 일일이 병명을 붙이고, 그 치료법도 자상히 적어 놓았다. 이것은 그 당시 의술의 집대성일 뿐만 아니라, 지금 역시 세계에 자랑할 만한 한방 의서라 할 수 있다.

이 이야기는 허준이 젊었을 때 사신을 따라 중국에 가다가 생긴 일이다. 허준을 포함한 사신 일행이 국경을 막 넘어서 으슥한 산골 길에 닿았을 때다. 난데없이 큰 호랑이 한 마리가 나타났다. 그리고 여럿이 기겁하는 사이에 하필이면 허준

앞에 쭈그려 앉아 옷자락을 앞발로 잡아당겼다. 처음에는 모두 놀랐으나 이내 사람을 헤치려는 생각이 아님을 곧 알 수 있었다. 그래서 허준도 다른 사람들처럼 정신을 가다듬고 호랑이를 관찰했다. 자세히 보니까 호랑이 눈에는 어쩐지 눈물이 고인 듯 느껴졌다.

'곡절이 있을 것이다.'

허준은 이런 생각을 하면서 사람의 말로 물었다.

"너는 나를 해칠 생각이냐, 아니냐?"

호랑이가 그 말을 알아들었을까? 좌우로 머리를 흔들더니 멀리 뒤를 돌아다보면서 발을 허비적거렸다.

'함께 가자는 게로구나.'

허준이 그리 생각하며 고개를 크게 끄덕였다. 그러자 호랑이가 허준 앞에 납작 엎드렸다. 허준은 용기를 내서 호랑이 등에 올라탔고, 호랑이는 허준을 업고 우거진 숲과 험한 산길을 나는 듯이 달렸다. 얼마 후 어떤 동굴 앞에 오더니 호랑이가 푹 엎드렸다.

'여기가 호랑이 굴이구나!'

허준은 성큼성큼 굴 안으로 호랑이를 따라 들어갔다. 안을 살펴보니 호랑이 새끼 세 마리가 피투성이가 되어 자빠져 있었다. 아마도 무슨 사나운 짐승에게 해를 당한 모양이었다. 그러나 다행하게도 아직 숨이 끊어지지 않은 채 낑낑거리고 있었다. 까닭을 안 허준은 약주머니에서 고약을 꺼내 정성껏 발라 주었다. 이것을 본 어미 호랑이는 비로소 마음이 놓였는지,

"어흥!"

하고 부드럽게 울더니, 이내 어디론지 나가 버렸다.

좀 있으려니까 호랑이가 커다란 이리 한 마리를 물고 돌아와서 굴 밖에 놓고 무참하게 물어 죽였다. 죽은 후에도 발로 차고 입으로 물어뜯으면서 무서운 소리로 울부짖었다.

'오라, 새끼의 원수를 갚는구나!'

허준은 그리 생각하며 어쨌거나 돌아갈 요량으로 굴 밖으로 나왔다. 그러자 호랑이가 기겁하고 앞을 막았다. 데려올 때와 마찬가지로 꿇어앉은 호랑이를 보고 허준은 깨달았다.

'상처가 아물 때까지 보아 달라는 뜻이다.'

하는 수 없이 굴로 돌아온 허준은 호랑이 새끼를 사람처럼 정성껏 치료하게 되었다. 그러는 동안 밤이면 어미 호랑이가 물어와 펴 준 마른 풀에서 자고, 낮이면 부리나케 잡아다 주는 산 토끼, 노루 새끼 따위를 불에 구워 먹었다.

사나흘 지나 호랑이 새끼는 상처가 아물어 힘차게 뒹굴고 뛰게 되었다. 그제야 어미 호랑이는 허준 앞에 큰 절이라도 하듯이 꿇어앉았다. 그리고 '흐으, 흐으!' 하며 사뭇 기분 좋게 울어댔다.

"새끼들이 다 나왔으니 이제 나를 돌려보내 다오."

허준의 그 말이 통했는지 호랑이는 등을 내밀고 엎드렸다. 허준이 등에 올라탔다. 호랑이는 다시 나는 듯이, 그러나 몹시 조심성 있게 달렸다. 오던 길과 다르다는 생각이 나서 허준은 약간 겁을 먹었다. 하지만 어쩔 도리가 없어 몸을 맡겨 두었다. 이윽고 어느 큰 거리가 보이는 언덕에까지 오더니 호랑이는 거기서 발을 멈추고 엎드렸다.

이렇게 하여 허준은 그 주막거리로 내려갔고, 호랑이는 어느 틈에 사라졌다. 그곳 큰 여관을 찾아든 허준은 이틀 후 함께 가던 사절단 일행과 만나게 되었다. 그러니까 호랑이는 앞질러 데려다준 셈이다. 이런 일이 있고부터 허준은 이름을 떨치기 시작했다고 한다.

호원사 虎願寺

신라 서른여덟 번째 임금 원성왕 때의 일이다. 신라 풍속에 해마다 음력 3월 초파일부터 15일까지는 여러 남녀가 경주 흥륜사에 모여 전탑을 돌면서 복회(福會)를 한다.

어느 해 음력 3월 초파일이 되어 김현이라는 청년이 밤이 깊도록 혼자 이 전탑을 돌고 있었다. 그런데 어느 순간 뒤에서 아름다운 한 처녀가 염불을 하면서 같이 탑을 돌고 있음을 보자 감동이 되어 눈짓하다가 서로 사랑하는 사이가 되었다. 그리하여 그 여자가 돌아갈 때 김현이 따라가고자 하니 그 처녀가 사양하여 막았으나 김현이 듣지 않고 억지로 따라갔다.

그 여자의 집에 이르니 그곳은 서쪽 독산(獨山)의 한 모퉁이었고, 초가집 안에는 그 처녀의 어머니로 보이는 노파가 있을 뿐이었다. 노파는 김현을 바라보며 처녀에게 물었다.

"따라온 이가 누구냐?"

처녀가 사실대로 사정을 말하니 노파는,

"비록 좋은 일이나 없는 이만 같지 못하다. 그러나 저지른 일이라 하는 수 없다. 그렇지만 너의 형과 아우의 악함이 두려우니 아직 남모르는 곳에 감추어 두어야 할 것이다."
하고 김현을 눈에 띄지 않는 곳에 숨겨두었다.

조금 있으니 문 앞에 세 마리의 호랑이가 으르렁거리며 와서 사람의 소리로,

"아! 무슨 비린내야! 요기하기 좋겠구나!"
하고 말했다. 그러자 노파와 처녀는,

"그게 무슨 미친 소리냐, 너희들 코가 막혔느냐?"
하고 꾸짖었다. 그런데 마침 그때 하늘에서 부르기를,

"너희들이 자주 생명을 해치니 마땅히 한 놈을 죽여 징계하겠다."
하는 소리가 들려왔고, 이에 세 호랑이는 모두 두려워했다.

"오빠들은 모두 멀리 피해 스스로 징계하시오. 그러면 내가 그 벌을 대신하여 받겠소."

처녀의 말에 세 호랑이는 머리를 끄덕이며 어디론지 달아나 버리고 말았다. 처녀가 들어와 김현에게 말하기를,

"낭군이 우리 집에 오시는 것이 욕되고 또한 부끄러워 거

절하였으나 무엇을 숨기겠습니까? 제가 비록 유는 다를지라도 낭군에게 하룻저녁 사랑의 즐거움을 얻고 또한 의를 맺어 그것이 중하기는 하나 오빠들의 악한 것을 하늘이 이미 싫어하시매 한 집안의 재앙을 제가 당하고자 하오니 다른 사람의 손에 죽느니보다는 차라리 낭군의 칼 아래에 엎드려 죽어서 덕을 갚고자 하옵니다. 제가 내일 저자에 들어가서 사람들을 해치면 왕이 반드시 높은 벼슬을 주어 저를 잡으라고 할 것이오니, 그때 낭군은 겁내지 말고 저를 쫓아 이 숲으로 오시면 제가 기다리고 있겠습니다."

했다.

김현이 이 말을 듣고 처녀에게 이르기를,

"사람이 사람을 사귐은 사람이 지켜야 할 떳떳한 도리요, 다른 유와 사귐은 대개 복이니 벼슬과 봉급을 얻고자 사랑하는 이의 죽음을 팔 수는 없소."

했다.

"낭군은 그런 말씀을 하지 마시오. 이제 저의 목숨은 천부의 명령이요, 또한 저의 소원이며, 낭군의 경사요, 우리 겨레의 복이 매 나라 사람의 기뻐하는 바입니다. 제가 죽으면 다섯 가지 이로움을 갖출 것이니 어찌 어기겠습니까? 제가 죽은 뒤에는 다만 저를 위해 절을 세워 진전(眞詮)을 강하고 승복(勝服)에 도움이 되면 낭군의 은혜가 이보다 더 큰 것이 없겠습니다."

처녀는 그렇게 말하고는 서로 울며 작별했다. 그 이튿날 과연 한 마리의 사나운 호랑이가 성안에 들어와 사람을 해치니 왕이 이를 듣고 호랑이를 잡는 이에게는 2급 벼슬을 준다는 영을 내렸다.

김현이 허리에 칼을 차고 성문 밖 북쪽 숲으로 들어가니, 과연 호랑이는 처녀로 변하여 얼굴에는 기쁜 빛을 띠고 반갑게 웃으며,

"어젯밤에 낭군과 같이하던 말을 부디 잊지 마시고 오늘 저의 발톱에 할퀴어 상한 사람은 모두 흥륜사의 장을 바르고 그 절의 나팔 소리를 듣게 하면 나을 것입니다."
라고 말하고는 김현 허리에 찬 칼을 빼 스스로 목을 찔러 그 자리에서 죽고 말았다. 보니까 지금까지의 아름다운 자태가 변하여 한 마리의 호랑이가 되었다.

김현이 숲속에서 호랑이를 잡았다고 외치고는, 처녀가 알려준 대로 상처 난 이를 치료하게 하여 모두 그 창상이 나왔다. 김현은 호랑이를 잡은 공으로 등용이 되자 서천 냇가에 절을 지어 '호원사(虎願社)'라 이름하고 항상 범강경(梵綱經)을 외어 그 호랑이의 명복을 빌었다고 한다.

호환虎患을 막은 박엽

광해군 때의 관서(關西, 평안도) 안찰사(按察使, 관찰사)를 지낸 박엽에게 친척인 재상이 있었는데, 어느 날 그가 아들을 박엽에게 보내면서,

"내 아들이 장차 호랑이한테 죽을 운명이라는 점괘를 알았는데, 아들의 목숨을 건지려면 자네한테 보내야 한다네."

라는 부탁을 했다. 박엽은 그 부탁을 받아들이고 재상의 아들에게,

"오늘 밤, 너는 말을 타고 오래되어 무너진 절로 가서 호랑이 가죽 하나를 뒤집어쓰고 있으라. 어느 늙은 승려가 와서 너한테 그 호랑이 가죽을 달라고 하면 주지 말고, 그가 가죽을 뺏으려 하면 칼로 가죽을 자르겠다고 해라. 그리고 닭이 우는 아침이 오면 승려한테 가죽을 줘라."

라고 말했다.

재상의 아들은 박엽이 시키는 대로 말에 오르자, 말은 스스로 달리기 시작한 끝에 멀리 떨어진 계곡의 무너져가는 오래된 절에 도착했다. 그는 말에서 내려 절 안으로 들어갔는데, 과연 박엽의 말대로 호랑이 가죽 하나가 있었다. 그래서 그것을 덮어쓰고 있는데, 얼마 후에 무섭게 생긴 늙은 승려가 절 안으로 들어오더니 재상의 아들을 보고는,

"그 호랑이 가죽을 나한테 달라!"

고 소리쳤다. 하지만 재상의 아들은 박엽이 말한 대로 승려한테 호랑이 가죽을 넘기지 않고, 계속 가지고 있었다. 화가 난 승려가 가죽을 뺏으려 다가오자, 재상의 아들은 칼을 가죽에 들이대며,

"만약 당신이 이 가죽을 뺏겠다면, 나는 칼로 가죽을 자를 겁니다!"

라고 외쳤다.

그러자 승려는 놀랐는지 잠시 뒤로 물러났다가 또 가죽을 내놓으라고 외쳤고, 재상의 아들은 이번에도 가죽을 칼로 자르겠다고 엄포를 놓았다. 그런 행동을 6번이나 반복하다가 어느덧 닭이 울면서 날이 밝았고, 승려는 허탈한 표정을 짓고서,

"이건 박엽이 너한테 시킨 짓이겠군. 그 가죽을 나한테 돌

려다오."

라고 말했다.

마침 박엽의 말대로 닭이 울었으니, 재상의 아들은 호랑이 가죽을 승려에게 건넸다. 승려는 가죽을 받아 들고 절 밖으로 나갔는데, 호기심이 든 재상의 아들이 몰래 그를 지켜보자, 승려는 호랑이 가죽을 덮어쓰고는 호랑이가 되었다. 그리고 호랑이는 다시 가죽을 벗고 승려로 돌아왔고, 재상의 아들한테 기름을 바른 종이 한 장을 건네면서,

"이제 너는 박엽한테 돌아가라. 만약 호랑이가 나타나서 너를 해치려 한다면 이 종이를 내밀면 된다."

라고 말했다.

재상의 아들은 승려로부터 받은 종이를 가지고서 절을 떠났다. 과연 승려의 말대로 그가 가는 곳곳마다 호랑이들이 나타났는데, 승려가 준 종이를 내밀자, 대부분은 그냥 떠나버렸지만, 유독 한 마리의 호랑이는 종이를 보고도 재상의 아들을 해치려 들었다. 그러자 불안해진 재상의 아들은,

"그러면 너는 이 종이를 준 스님을 만나러 가서 따지자."

라고 말했고, 놀랍게도 호랑이는 고개를 끄덕였다.

호랑이와 함께 절로 돌아온 재상의 아들은 승려를 만났고, 그가 일의 자초지종을 설명하자 승려는,

"너는 왜 이 아이를 해치려 들었느냐?"

라고 호랑이를 꾸짖었다. 그 말에 호랑이는,

"3일 동안 굶어서 배가 고팠습니다."

라고 대답했다. 이에 승려는,

"여기서 동쪽으로 반 리 떨어진 곳에 사람 한 명이 있으니, 그를 잡아먹으러 가라."

고 말했으며, 호랑이는 즉시 절을 떠나 달려갔다.

그런데 얼마 후에 총을 쏘는 소리가 울려 퍼졌고, 승려는 재상의 아들을 보면서,

"저 녀석은 내 말을 어겼으니, 총을 가진 포수한테 가게 해서 죽게 했다. 이제 모든 위험이 사라졌으니, 너는 박엽에게 돌아가라."

라고 설명했다.

승려의 말대로 재상의 아들은 말을 타고서 절을 떠나 박엽한테로 돌아갔다. 그리고 박엽한테 자신이 보고 겪은 일을 설명하니 박엽은,

"이제 너는 더 이상 호랑이한테 해를 당할 운명에서 벗어났다. 너의 아버지 곁으로 돌아가라."

라고 말했다. 그리고 재상의 아들은 아버지의 곁으로 돌아가 높은 벼슬에 오르며 부귀영화를 누렸다고 한다.

박엽에 관한 또 다른 이야기

숙야(박엽의 자)는 장수로서의 지략이 있어 천문과 지리, 병학과 술수에 모두 능통하였다. 젊었을 적에는 또래 청년들과 잘 어울려 놀았다. 하루는 청년들이 어떤 집에 모여 있는데, 뜰 안에 갑자기 바깥에서 더운물이 지붕을 넘어 날아 들어와 의관에 쏟아졌다. 청년들이 놀라고 괴이하게 여겨,

"필시 박 숙야가 온 게로다."

하고 나가 본 즉, 박엽이 행랑채 바깥길에 서서 지붕 위로 오줌을 갈기고 있었다.

박엽의 외가가 목천 고을에 있어 서울과는 이백 리 남짓 떨어져 있었다. 소매 속에다 밥 한 그릇을 넣고 느지막이 소매를 저으며 길을 떠나면, 날이 채 저물기도 전에 당도하였다. 그 길 가는 모습이 빠르지도 않고 느리지도 않아 다른 행인들과 다른 점이 없었으나 다만 바람결에 옷자락 스치는 소리가 날 따름이었다.

군읍(郡邑)을 다스림에 미쳐서는 위엄과 명령이 몹시 높아서 관청 일이 그 자리에서 결정되고, 광해군의 동서로서 평안감사가 된 지 10년에 위엄이 전체 도에 떨쳤고, 북쪽 오랑캐도 또한 그를 두려워하여 감히 국경을 넘어오지 못하였다. 그런 그가 일찍이 막비(幕裨, 조선시대에 감사·유수·수

사·병사·사신 등을 따라다니며 일을 돕는 벼슬아치. 막객, 비장이라고도 한다)를 불러 술과 안주를 주면서 말하기를,

"너는 이것을 가지고 중화 구현으로 가서 기다리고 있으면 반드시 두 사람의 건장한 사나이가 채찍질하며 말을 타고 지나갈 것이니 내 말로 전하기를 '너희들이 우리나라에 왕래하는 것을 아무도 모르는 줄 알지만 나는 이미 알고 있다. 행역(行役)이 참으로 괴롭겠기로 술과 안주를 보내는 것이니 취하게 마시고 속히 돌아가도록 하라'고 하라."

막비가 즉시 가서 기다리자 과연 두 사람이 지나므로 박엽의 말을 전하니 두 사람이 서로 돌아보면서 실색하여 말하기를,

"장군은 신인이로다. 우리 어찌 감히 다시 오리오."

하고는 술을 마시고 사라지니, 이들은 곧 용골대와 마부대로 몰래 우리나라에 잠입하여 허실을 정탐하고 있었는데 박엽은 이미 그 사실을 꿰고 있었던 것이다.

또 한 번은 총애하는 기생에게 이르기를,

"오늘 밤에 나를 따라가서 좋은 구경거리 하나를 보겠느냐."

하니 기생이 쾌히 응낙하였다.

밤이 되자 박엽이 검푸른 노새에 타더니 앞에다 기생을 태우고 주단으로 자기 몸에다 기생의 허리를 묶었다. 눈을 뜨

지 말라고 주의시키고는 채찍을 휘둘러 쏜살같이 달리니 두 귀에 바람 소리만 들릴 뿐이었다.

한 곳에 이르러 눈을 떠서 보라 하는데, 서리가 덮인 광막한 큰 들판에 달빛이 희미하게 비치고 있었고, 군영 막사는 하늘에까지 잇닿아 있었고 등불이 휘황하게 빛났다. 이에 기생에게 장막 속에 숨어 있으라 하고 박엽이 의자에 혼자 꼿꼿이 앉아 있으려니, 잠시 후 징 소리가 나면서 몇 리에 걸쳐 철기가 성난 파도처럼 길게 줄을 지어 몰려왔다. 대열을 벌이어 진형을 갖추고는 두 패로 갈리어 용력을 과시함이려니 가운데 있는 한 장수는 팔 척이나 되는 키에 머리엔 푸른 깃을 꽂은 붉은 투구를 쓰고 몸엔 용무늬 갑옷과 검은 상의를 입고 있었으며 손에는 별무늬가 새겨진 보검을 잡고 있었다. 그자가 장막을 헤치고 들어오더니 웃으면서 말하기를,

"네가 과연 왔구나. 오늘 밤에 먼저 검술을 시험하여 자웅을 가리는 게 좋겠다."

하자 박엽이,

"좋다."

하고 응수했다.

이에 칼을 집고 의자에서 내려와 들판 위에 마주 보고 둘 다 공격하는 자세를 취했다. 얼마 뒤 두 사람은 한 줄기 흰 무지개로 변하여 구름 덮인 하늘로 솟구쳐 들어갔는데, 단지

공중에서 서로 칼 부딪는 소리만이 들려왔으며, 가끔 붉은 번갯불이 번쩍이더니, 마침내 그 장수가 땅에 떨어져 고꾸라졌다. 그러자 박엽이 이내 공중에서 날아내려 오랑캐 장수의 가슴통에 걸터앉더니,

"어떤가."

하고 소리쳤다. 그는,

"장군의 신묘한 용력은 만 명도 당해내지 못할 것을 오늘 더욱 잘 알게 되었소이다. 어찌 다시 장군과 우열을 다투겠소."

라고 대답했다.

박엽이 웃으며 일어나 같이 장막 안에 들어가 서로 술잔을 들어 권하고선 각자 몇 잔을 취토록 마시고 그 장수는 작별을 고하고 떠났다. 그러나 일 리(里)를 못 가서 갑자기 대포 소리가 울리고 포연과 화염이 하늘에까지 뻗치더니 저들 한 부대에 떼 지어 있던 병사와 말들이 운무 속으로 말리어 들어가고 땅 위에 있던 자들도 역시 모조리 풍비박산이 되어버렸다.

아까의 장수가 다시 혼자 말을 달려오더니 돌아가는 길을 열어 주십사 애걸하자, 박엽은 웃으며 돌아갈 수 있게 허락해 주었다. 그러고는 기생을 불러 같이 노새를 타고 올 때처럼 돌아왔는데, 그때까지도 하늘은 아직 밝지 않았다. 박엽

이 싸운 그 장수는 곧 오랑캐 장수인 누르하치였으며, 그곳은 그들이 무술을 연마하던 장소였다.

출전

// 기재잡기 //

조선 인조 때 박동량(1569~1635)이 조선 초부터 명종 때까지의 구전되는 일화와 기타 사실(史實)들을 모은 책

// 대동야승 //

조선시대의 패관문학서. 연대와 저자 미상으로 조선조 개국 초부터 인조 때까지 약 250년 동안의 야사, 일기, 전기, 설화 등이 수록된 책으로 당시의 풍속과 세정을 살필 수 있는 귀중한 자료

// 동야휘집 //

조선 후기 문신 이원명이 1869년에 편찬한 야담집. 16권 8책에 총 260편의 이야기가 실렸다. 당시에 야담이 널리 향유되면서 널리 읽힌 대표적인 야담집이다.

// 역옹패설 //

고려말 충혜왕 때 이제현(1287~1367)이 지은 시화문학서(詩話文學書)로, 역사책에 보이지 않는 이문(異聞), 기사(奇事), 시문(時文) 등을 비평한 글을 싣고 있다.

// 연려실기술 //

조선 정조 때 이긍익(1736~1806 이 지은 조선시대 야사총서(野史叢書)

// 오산설림 //

조선 선조 때 차천로(1556~1615)가 명인(名人)들의 일화·사적(事蹟) 등 군신(君臣)들에 관한 이야기를 주로 엮은 책

// 용재총화 //

조선 세조 때 성현(1439~1504)이 문담(文談), 시화(詩話), 서화(書畵), 실력담(實歷談) 등을 모아 엮은 책

// 지봉유설 //

조선 광해군 때 실학의 선구자 이수광(1563~1628)이 세 차례에 걸친 중국 사신에서 얻은 견문을 토대로 엮은 우리나라 최초의 백과사전

// 청구야담 //

조선 말기의 한문 야담집으로 작자, 연대는 미상. 민담과 야담을 소설 형식으로 기록하여 언어, 풍속, 관습 등을 연구하는 데 좋은 자료가 되는 책

// 청파극담 //

조선 성종 때 이육(1438~1498)이 명나라에 사신으로 갔을 때 보고 들은 바를 기록한 견문기

// 태평통재 //

조선 성종 때 성임(1421~1484)이 중국 송대의 태평광기(太平廣記)를 본떠 우리나라의 여러 이문기설(異聞奇說)을 수록한 책

// 태평한화골계전 //

조선 성종 때의 학자 서거정(1420~1488)이 엮은 설화집

// 필원잡기 //

서거정이 예로부터 전하는 일사(逸事)와 한담(閑談) 중에서 후세에 전할 만한 것을 추려 모아 엮은 책

부
록

대통령상타기
전국 고전 읽기 백일장대회

수상 작품 I 심사평

제19회 대회 심사평

글쓴이의 마음 바탕을 비추는 반듯한 글씨 쓰기

심재기/ 심사위 위원장, 서울대 명예교수

전국 고전 읽기 백일장이 어느새 열아홉 해째에 이르렀습니다. 그 연륜에 어울릴 만큼 이 대회가 세상에 많이 알려진 듯, 참가자의 숫자도 많이 늘었습니다. 그러나 이러한 양적 팽창에 비하여 글의 수준이 그렇게 높아진 것 같지는 않습니다. 그래도 책 읽기 풍토가 점점 나빠지는 요즈음의 사정을 고려한다면 예년보다 못하다고는 할 수 없습니다.

그런데 꼭 한 가지 짚고 넘어가야 할 것이 있습니다. 그것은 글씨 문제입니다. 글씨체가 나쁘면 아무리 글 내용이 좋아도 읽을 수가 없습니다. 아니 읽히지 않습니다. 글은 글씨가 편해야 읽기도 편한 법입니다. 편한 글씨란 어떤 것일까요? 그것은 못 쓰는 글씨체라도 정성을 들여 깨끗하게 쓴 것을 가리킵니다. 글 내용에 앞서서 글씨 자체가 글쓴이의 마음 바탕을 비춘다는 사실을 명심하면 좋겠습니다. 컴퓨터의 보급이 손으로 직접 글씨 쓰는 기회를 앗아가 버린 오늘날 우리 모두 반듯한 글씨 쓰기를 심각하게 고민하여야 하겠습니다.

이처럼 우울한 마음으로 심사위원들은 심사의 어려움을 느끼면서도 좋은 작품을 골라낼 때는 보물을 찾은 듯 기뻐하였습니다. 그 대표적인 예의 하나가 금년도 최우수상을 받은 고등부 김미래 양의 글입니다. 이 글은 고전 읽기가 무엇인지를 분명하게 밝히고 있습니다. 고전은 이미 지나간 시대에 특정 장소 특정 사항에서 특정 인물이 겪는 사실을 이야기하고 있습니다. 그 이야기가 오늘을 살고 있는 '나'와 '내 이웃'에 무엇을 말해주는지를 엄중하게 묻지 않는다면 그것은 고전 읽기의 완성이라고 할 수 없습니다. 바로 이러한 사실을 김미래 양은 아주 잘 밝혔습니다. 고전을 통한 자기반성, 그리고 반성을 넘어 실천에 이르러야겠다는 굳은 의지를 표명하였습니다.

이번에 선정된 다른 작품들도 모두 고전과 '나'와의 관계를 염두에 두고 고민한 글들이었습니다. 그 고민이 깊어지고 고전과의 질의응답이 치열하면 치열할수록 우리의 미래는 밝을 것입니다. 우리는 오늘 모두 고전과의 대화를 진지하게 계속하겠다는 다짐을 새롭게 하여야 할 것입니다.

제19회 대회 대통령상

반성을 통한 실천으로 발전하자

김미래/ 대구정화여자고등학교 1학년

운영. 그녀에게 수식을 붙이자면 '민들레'라 하고 싶다. 민들레는 화려하지 않지만 수수하고 주목받진 않지만 길을 지나다 보면 눈길을 끄는 꽃이다. 많이 짓밟혀 아픔도 많고 예쁨도 받지 못해 항상 구석에서 핀다. 그러나 그 과정들이 민들레에게는 거름이 되어 하얗고 풍성한 민들레 홀씨가 되어 날아간다. 그녀도 그렇다. 궁녀로 뽑혀 안평대군의 사랑을 받지만 시를 짓게 되었을 때, 운영의 시만 의심을 받아 상처를 입고 죽음까지 생각하게 된다. 그러다가 결국은 궁 밖으로 나가게 된다. 그러나 김 진사를 만나 따뜻한 정을 나누어 그녀는 민들레 홀씨처럼 날아간다.

안평대군은 "하늘이 재주를 내리심에 있어서, 어찌 남자에게만 풍부하게 하고 여자에게는 적게 하셨겠느냐"라고 술에 취해 말한다. 그러나 이 말은 안평대군이 '술에 취해 있었기' 때문에 할 수 있는 말이 아닌가 싶다.

물론 남자에게만 재주가 주어졌다는 말은 아니다. 하늘이 남자와 여자에게 재주를 똑같이 내려주셨더라도, 그 재주를 키워갈 수 있는 능력은 남자에게 '더' 내려주지 않았을까. 현대사회에서 여자가 직장을 다닌다는 것은 별로 이상한 일이 아니다. 그러나 아직 여자가 직장을 다닌다고 하면 '기가 세다'라고 받아들여진다. 몇 달 전, 인터넷 결혼정보회사 정보에 남자와 여자의 스펙을 따져 등급으로 나온 자료가 있었다. 거기에 보면 남자 1등급에서는 '의사, 재산 100억 원, 강남 거주'라고 되어있지만, 여자 1등급의 경우 '무직. 재산 300억'이라고 되어있었다. 여기에서 보듯이 남자는 재주를 성장시켜 '의사'라는 결과물을 얻어 1등급의 타이틀을 얻었지만, 여자는 단지 '재산 300억'으로만 1등급을 걸게 되었다. 여기에 여자의 '하늘이 내려주신 재주'가 반영되어 있나? 그렇지 않다. 이 현상을 제일 잘 보여주는 사회 용어인 '남자는 권력, 여자는 재력'으로 다 이해가 된다.

그리고 대군은 '시는 성정(타고난 본성)에서 나오는 것'이라 한다. 여기서 '성정'은 어떻게 생겨나는 것일까. 아마 이것은 '타고난' 본성이 아닌 출생 이후의 직·간접적인 '경험에 의한 산물'일 것이다. 적어도 나는 이렇게 믿고 싶다. 경험에 의한 스스로의 깨달음으로 이룬 발전만이 진정한 발전이며 성정이지 않을까.

'고황독보청' 성삼문이 궁녀들의 시를 읽고 나서 남긴 평 중의 한 구절이다. 성삼문은 이것을 정절을 지킨다는 뜻이 있다고 했지만 나는 다른 의미로 받아들여졌다. '고항독보청'의 원래 뜻은 '외로운 대나무는 홀로 푸르기를 도왔다'이다. 이 원래 뜻을 알고 나자 '하늘은 스스로 돕는 자를 돕는다'라는 나의 좌우명이 떠올랐다. '외로운 대나무'는 '스스로 돕는 자', '홀로 푸르기를 돕는다'라는 '하늘이 스스로 돕는 자를 돕는 행동'으로 연관이 되었다. '대나무가 원래 푸른색이 아니었다면 어떻게 푸르게 변할 수 있었을까'라는 의문을 낳고 그 의문을 확실하게 풀어주는 구절이다.

안평대군이 '진사가 붓을 휘날릴 때 먹물이 나의 손가락에 잘못 떨어져… (중략) 영광스럽게 여기어 씻어버리지 않았더니 궁인들이 그것을 바라보고 등용문에 비하더군'이라 하였다. 이 구절을 읽고는 왜 그것을 등용문에 빗댔는지 이해할 수 없었다. 그러나 곧 알게 되고 나의 등용문에 대해 생각해 보았다. 등용문의 뜻은 '뜻을 이루어 크게 영달함'을 비유한 것이다. 등용문이 '성공의 결과'로서 받아들여질 수도 있지만 나는 '그 성공의 시작'이야 말로 진정한 등용문이 아닐까, 생각이 들었다.

나의 '성공의 시작으로서의 등용문'은 내가 진정으로 하고 싶은 것을 찾은 것이다. 꿈을 찾는 것. '통역사'라는 꿈이 꿈으로만 남지 않게 노력하는 그것이 등용문의 전개 단계인 것 같다.

운영이 날이 갈수록 말라가고 핼쑥해져 가는 것을 본 비경이 운영에게 그에 대한 답변을 원하니 운영은 '불행히 병을 얻어

명이 조석에 있으니 내 천한 목숨 죽어도 애석함이 없지마는, 아홉 명의 문장과 재화가 날로 피어나고 다달이 빛나 다른 날 아름다운 시편과 소운 작품이 일세를 움직이겠지만, 내가 볼 수 없으니 이로써 슬픔을 능히 금할 수 없다'라고 처절하게 대답하였다.

이 부분에서 나는 마음이 묵직해졌다. 어제 돌아가신 행복 전도사 '최윤희' 씨가 생각나서였다. 그녀는 생전 행복 전도사로 활동하며 아프고 힘든 사람들에게 행복 찾는 법을 알려주며 많은 사람의 '터닝 포인트'가 되어 주셨다. 그런데 어느날 홀연히 자취를 감추셨고 어제, 한 모텔에서 자기 남편과 목을 맨 채 동반자살을 해 사체로 발견되었다. 그녀는 유언장에 자신은 700가지의 지병을 앓고 있어 심신이 너무 괴로웠고 만신창이가 된 몸으로는 도저히 남들 앞에서 고개 들고 웃으며 다닐 수 없을 것 같다며 자살이라는 극단적인 방법을 택할 수밖에 없었고, 자신을 같이 따라가겠다는 건강한 남편과 그동안 자신을 사랑해 주고 기다려 주신 분들께 너무 죄송하다는 말을 남기고 하늘나라로 가셨다. 이 소식을 더 알아갈수록 '자살은 어떤 이유에서든지 동정받을 수 없다'라는 내 굳건한 생각이 그 이면도 바라보게 되었다. '700가지의 지병을 앓았더라도 더 힘든 사람에게 행복을 전해 줄 수는 없었을까'라는 생각을 하는 찰나 유언장에 '자살은 어떠한 이유에서도 정당화될 수 없다는 것은 알지만 700가지의 지병을 앓고 있는 분들이라면 이해해 주실 거다'라는 부분을 읽고 나 자신이 너무 이기적이었나 싶을 정도로 머리가 아파 왔다. 내가 그 사람이 아닌데 어떻게 그 사람을 이해하며, 또 어떻게 그 사람을 비난할 자격이 있을까 반성도 되었다. 그리고 그녀와 같은 길을 택하신 최윤희 씨의 '건강한' 남편에게는 존경심마저 들었다.

〈수성궁 몽유록〉. 이 책은 단지 내용으로부터의 무언가를 얻는 책이 아니다. 등장인물들의 한 구절 한 구절을 곱씹을수록 나의 내면이 서서히 펼쳐져 자기성찰이 되게 한다. 이 책의 외부 이야기의 주인공인 유영도 그렇지 않았을까. 내가 이 책을 마무리한다면 운영과 김 진사의 이야기를 한 권 책으로 엮어 보관하고, 그 책의 이야기와 나의 인생을 비교한 책을 한 권 더 엮어, 또 나와 다른 사람들과의 무한한 공감을 얻어내고 잠재적 의식을 얻어내고 싶다. '끝이 좋으면 다 좋다'라는 말이 있다. 김 진사와 운영이 사랑의 결실을 맺을 때까지는 많은 우여곡절이 있었지만 결국엔 해피엔딩으로 서로를 믿고 의지하며 행복한 삶을 살아가는 것으로 그동안의 시련은 싹 씻어내고 사랑만이 가득한 제2의 인생을 살아갔으면 좋겠다. 이 책을 한 줄로 정의하자면 '가볍게 읽고 무겁게 실천하면 작지만 큰 변화를 이뤄낼 수 있는 책'이라 하고 싶다.

제19회 대회 국무총리상

버리면 돌아온다

정하은/ 서울화일초등학교 6학년

한여름에 개를 잡아 보신탕을 끓이는 사람들은 모두 북곽 선생과 같은 생각을 지녔을 것이다. 동물은 사람보다 못하기 때문에 단순히 사람의 이용 가치로만 생각하는 것이다. 하지만, 어떻게 생각하면 동물의 세계가 더 나을 수도 있다. 그들은 자신에게 이익이 더 많이 돌아오도록 힘쓰지도 않고, 남을 헐뜯지도 않는다. 그저 하늘이 자신에게 내려준 운명대로 묵묵히, 열심히 살아갈 뿐이다.

그에 반대로 우리 세계, 우리가 그렇게 뛰어나다고 생각하는 우리 세계에는 위선이 있다. 몰래 어여쁜 과부를 만나러 다니면서도 자신을 덕이 높은 학자로 지칭하는 북곽 선생이나, 이 남자에게 안겼다 저 남자에게 안겼다 하면서 자신이 수절 과부라고 하는 동리자 모두가 위선자다. 이런 위선자들의 고기가 범에게는 얼마나 끔찍하게 느껴졌을까? 범, 우리가 우리보다 못하다 생각하는 범도 어떤 사람이 착한 사람이고, 그렇게 위선해 살아가는 것이 나쁘다는 것도 안다. 하지만 우리는 위선자가 TV나 인터넷에 나오면 심하게 욕을 하지만, 실제로 우리가 위선 해서 살아가고 있으며, 그것이 나쁘다는 것조차 인식하지 못한다. 그것 중 하나가 전쟁이다. 우리 중에서 전쟁을 좋아한다고 말할 사람은 아무도 없을 것이다. 하지만 전쟁영화는 어떤가? 아마 좋아하는 사람도 있을 것이다. 개를 때리면서 동물을 사랑한다고 말할 수 없듯이, 끔찍한 장면 속에서 사람이 죽어가는 전쟁영화를 좋아하는데 전쟁을 싫어한다고 말할 자격도 없다.

범은 전쟁이 바로 사람을 사람이 잡아먹는 것이라고 하였다. 나는 이 말에는 동의하고 싶지 않았지만 나 자신 역시 범보다 못한 인간이고, 범의 생각에 대들 말도 생각나지 않았다. 사람들은 자신의 나라를 위해 다른 나라 국민을 죽이는 것을 당연하다고 생각한다. 그렇지만 하늘에서 우리의 창조주가 우리를 볼 때는 우리 모두 다 같은 창조물이다. 내 나라 사람이 죽으면 가슴 아프고, 다른 나라 사람이 죽으면 멀쩡한 것은 모순이라 할 수 있다. 사람은 다 같은 사람인데, 어찌 국경 하나로 가슴 아프고 멀쩡하고가 결정될 수 있을까? 우리가 모순과 위선을 없애고 정말로 만물의 영장이 되려 한다면 더 이상 '호질'에서처럼 범이 호통을 칠 일이 없게 해야 한다. 붓으로 남을 헐뜯지 않고, 나만의 유익을 위해 살지 않아야 한다. 지금 동물의 눈앞에 우리는 만물의 영장이 아닌, 무지한 죄인일 뿐이다. 사람만이 인정하는 사람을 과연 만물의 영장이라 할 수 있을까?

동물 한 마리가 총에 맞아 죽었을 때 우리가 사람이 죽은 것처럼 슬피 울어줄 수 있는 날 범을 비롯한 동물들은 비로소 우리를 인정해 줄 것이다. 그날이 오기 전까지, 우리는 그저 죄인일 뿐이다.

우리는 우리 스스로 만물의 영장이라 생각한다. 그렇지만, 이 세상의 한갓 동물들이 우리를 인정하지 않는다면 우리는 혼자서 만물의 영장이 될 수 없다. 북곽 선생은 자신이 뛰어난 덕을 지녔다고 생각했지만 범이 그리 생각지 않았던 것처럼 죄인으로 인정되지 않으려면 인간이 만물의 영장이라는 생각을 버려야 한다. 버린다면, 그것은 어떤 식으로든 다시 우리에게 칭호로 돌아올 것이다.

제18회 대회 심사평

과거를 바로 보면 미래가 보인다

심재기/ 심사위 위원장, 서울대 명예교수

"해마다 피는 꽃은 서로 비슷하건만 해마다 사람들은 같지 아니하구나."라고 읊은 옛날 시인의 글귀가 생각납니다. 해를 거듭할수록 세상 사람들의 관심을 끌고 있는 이 고전 백일장의 글짓기 수준은 예년이나 다름이 없었습니다. 모두 정성을 기울인 좋은 글들을 써냈습니다. 그런데 더욱 기쁜 것은 참가하는 사람들이 점점 더 늘어난다는 사실입니다. 한 가지 욕심이라면 관심이 높아지고 참가하는 사람이 많아지는 만큼 작품의 수준도 그렇게 발전하고 높아지기를 바라는 것입니다.

그렇지만 금년에 얻은 특이한 수확이 없지는 않습니다. 일반부보다 대학생이. 대학생보다 고등학생이, 고등학생보다 중학생이 상대적으로 좋은 글을 내놓았습니다. 미래의 세대에 희망을 두게 하는 일이 아닐 수 없습니다.

특히 대통령상을 받은 천안 서여중의 이지윤 양의 글은 참으로 놀랍습니다. 글을 구성하는 수법이나 내용 전개의 바탕이 되는 역사의식이 실로 믿음직하고 대견하였습니다. 내용과 형식이 어떻게 조화를 이룰 수 있는가를 보여준 좋은 예문이라 할 수 있습니다. 한편 국무총리상을 받은 혜성여고의 박정혜 양의 글은 솔직담백하여 일체의 기교를 배제하고 순박하게 진술하는 태도가 좋아 보였습니다.

"과거를 바로 보면 미래가 보인다."라는 말이 있습니다. 그것은 곧 고전에 친숙하면 할수록 우리가 미래를 개척하는 힘을 얻게 된다는 말입니다. 우리는 앞으로도 끊임없이 고전을 가까이하고 그것을 우리의 글로 정리해 두는 버릇을 길들여야 하겠습니다.

제18회 대회 대통령상

'나'는 평범하더라도 '우리'는 역사다

《최척전》을 읽고

이지윤 / 천안서여자중학교 3학년

"떨그렁, 턱!"

필통 떨어지는 소리에 고요했던 교실의 적막이 깨지고 수많은 눈망울이 한 곳을 향했다. 무서우리만큼 조용한 지금은 국사 쪽지 시험 시간. '호랑이 선생님' 덕분에 작년과는 다르게 조용하고, 쪽지 시험 보기 전에 급하게 국사책을 읽고 있는 친구들을 어렵지 않게 찾을 수 있었다. 저번에 아슬아슬하게 통과했던 나는 어제 교과서를 6번이나 읽어본 덕에 담담하게 답을 채워 나갈 수 있었다. 광해군의 중립 외교정책, 인조반정에서부터 임진왜란과 정유재란까지…

수많은 사건을 아무렇지 않게 종이에 풀어내면서 잠시 그 시대 민족의 과거인데, 그들에게는 '현재진행형'이었다는 사실은 당연하면서도 당황스러웠다.

돌이켜보면 이 시대만 그런 것이 아니다. 단군왕검이 고조선을 세운 그때부터 수많은 나라들이 역사에 나타났다가 다시 자취를 감춘 그 많은 순간이, 민족의 비극인 6.25부터 여러 민주화 운동들이, 모두가 다 언젠가는 '현재'였던 것이다. 우리나라, 한국의 역사이고 지금 우리가 그 역사를 또다시 써나가고 있지만, '수많은 위기와 시련의 순간마다 한국인들은 어떠했을까?' 하는 생각이 머리에서 떠나질 않는다. 어쩌면 회칙과 옥영도 그 수많은 사람 중 하나였을 것이다.

전쟁은 영웅과 적을 낳는다. 우리에게는 영웅인 누군가가 다른 민족에게는 테러리스트일 수도 있고, 전쟁 중 빈번하게 일어나는 살생도 자신의 목숨을 부지해 고향으로 돌아가기 위해 원치 않아도 해야만 하는 그런 일일 수도 있다.

하지만 최척은 영웅도, 눈에 띄는 적도 아니다. 그는 지극히 평범한 사람이었다. 전쟁이라는 난리 통에 사랑하는 가족들과 헤어지게 되고, 다시 그들을 만나고 싶어 하는 평범한 사람일 뿐이다. 물론, 이 이야기는 과장도 있고 우연적인 요소들도 많이 가미되어 있다. 그래도 나는 비교적 잔잔한 《최척전》이 가진 매력은 오히려 공감하기 쉬운 등장인물이라고 생각한다.

흔히들 인생은 개척하고 역사는 만들어 가는 일이라 하지만 역사로 인해 우리의 삶이 좌지우지되는 경우도 많다. 평온하고 행복한 최척과 부인 옥영의 삶에 전쟁이라는 먹구름은 시련을 뿌려놓았고, 생이별로 서로의 생사도 알지 못한 채 하루하루를 살아가게 된 것이다. 누구든 슬프고 막막할 것이다. 옥영 역시 스스로 목숨을 끊으려 하고 최척도 속세를 떠나려 했다. 다행히 옥영의 꿈에는 부처가 나타나셨고 최척에게는 세상의 근심을 잊으려면 오히려 세상 속으로 더 깊이 들어가자는 주우라는 친구가 있었기에 훗날 다시 서로를 만나게 되었지만, 인생의 여러 순간에 좌절하고 방황하게 되는 우리의 삶은 그들의 모습을 보며 같이 슬퍼할 수 있었다. 또 한 번의 시련에서도 옥영의 강한 의지와 경험, 앞을 내다볼 줄 아는 지혜는 둘의 인연을, 더 나아가 한 가족의 인연을 이어주었다.

이렇게 역사 속에서 같이 절망하지만, 고군분투하는 점은 오히려 우리에게 더 많은 무언가를 전달해 준다. 깊은 공감과 또 한 차례 한민족의 운명을 바꿔 놓은 6.25 전쟁에서 국민 모두 그랬을 것처럼 슬픔과 그로 인한 성숙을 낳는다.

역사는 반복되고 그 속에 살아가는 사람들의, 우리들의 희로애락은 이어질 것이다. 리튼은 “과학은 최신의 연구서를 읽고, 고전은 최고(最古)의 것을 읽어라.”라고 했다. 고전은 항상 새롭다는 것이다.

우리의 현재 상황이 아니기에 동떨어진 먼 일로 느껴질 수도 있지만, 눈으로 보이는 전쟁이 아닌, 두뇌와 지식의 전쟁이 끊임없이 이어지는 역사의 반복된 순간, 이 순간에서 평범하고 나약하지만 가족이라는 사랑과 의지로 다시 만난 최척과 옥영, 그의 가족들이 산 삶은 많은 점을 시사한다.

역사와 어울려 살며 인간으로, 한 민족으로서의 꿈과 의지를 가진 한민족, 나아간다면 우리의 힘으로 역사를 더 새롭게 써가는 '역사'가 되기를 바라며 《최척전》의 마지막 장을 덮는다.

제16회 대회 대통령상

진정한 길을 찾는 여정

《열하일기》를 읽고

임지영 / 숭의여자고등학교 2학년

《열하일기》라는 책 제목을 보고 당대의 북학론을 담은 딱딱한 학술서일 것이라고 생각했다. 그러나 막상 읽어보니 현대어로 풀어져 있고, 해설도 많아서 생각보다 편하게 읽을 수 있었다. 책 내용도 재미있었다. 화려한 미사여구 없이 진솔한 연암의 글은 솔직하고 꾸밈없는 단순한 뒤에 깊은 통찰을 담고 있었다. 벼슬길에 나가지 않고 자신이 말하듯 '삼류 선비'로 살아간 그였기에 기존의 주류사상에 얽매이지 않고 독창적인 사유를 펼쳐 나갈 수 있었을 것이다. 주변에 대한 정겨운 묘사 역시 이 책의 묘미라고 생각한다. 사소한 것이라도 따뜻한 시선으로 바라보는 박지원의 넉넉한 성품이 느껴졌다.

연암 박지원 하면 그의 벗인 홍대용, 박제가와 북학론을 떠올렸었다. 그러나 이 책을 읽으며 연암의 사상을 북벌과 반대되는 북학이라는 틀 속에서 해석하는 것은 잘못된 것임을 알았다. 연암은 북벌과 북학이라는 구도와는 상관없이 백성들의 삶을 더욱 풍요롭게 하여 정덕을 구현하고자 했다. '북학'은 그것을 이루기 위한 도구이자 과정일 뿐이었다. 발전한 청의 문물을 두루 보기 위해 떠난 청의 열하로 향하는 여정에서 연암은 남들이 미처 발견하지 못하고 지나치는 것에서 근원적인 이치를 터득한다. 남들이 높은 전탑과 화려한 궁전을 볼 때 그는 기와 조각과 똥 부스러기를 보았다. 광활한 벌판을 앞에 두고 단지 감탄밖에 할 줄 모르는 사람들과 달리 연암은 존재의 근원적인 감정 발현으로써의 울음을 떠올렸다. 편견 없이 사물을 바라보고 그것에서 진리를 구하는 이것이 바로 '소경의 혜안'이다. 여행 중 우연히 연암이 발견한 '호질'은 범의 입을 통해 인간의 독단과 어리석음을 비판한다. 이 글을 통해 내가 확고부동한 진리라 믿고 행위의 준칙으로 삼는 것들이 사실은 얼마나 헛된 것일 수 있는지를 알았다. 우스꽝스러운 북곽 선생의 모습이 내가 지금까지 대단하게 생각해 왔던 것들이 과연 무엇이었나 하는 물음을 던져 주었다.

또 다른 연암의 대표적인 소설작품 《허생전》에서 주인공 허생의 행적을 통해 사적 이익을 탐하는 대신 자신의 이상과 대의를 위해 살아가려는 작가의 고고한 결단력을 보았다. 치열한 경쟁 속에서 살아가느라 정작 내 삶의 궁극적 지향점을 잊고 눈앞의 것에만 연연하며 하루하루를 보내는 것은 아닌지 돌이켜 보게 되었다. 책 속에 펼쳐진 연암의 사상은 계속해서 내게 생각할 거리를 주고 평소에 미처 떠올리지 못했던 것에 불을 비춘다. 연암의 생각이 담긴 글은 새 물을 끌어 올리는 '마중물'과도 같다고 생각했다. 자기 생각이 절대적으로 옳다고 강요하지 않으면서 곰곰이 생각해 보면 또 다른 이치를 깨달을 수 있게 하는 글들, 이것이 연암 박지원의 매력이라고 생각한다. 늘 새로운 의문을 제기하고, 당연하게 받아들여지는 것을 기존과는 조금 다른 시각에서 바라본다는 점에서 연암의 글은 초현실적인 르네 마그리트의 그림을 닮았다. 이들의 작품을 보고 있으면 독창적인 사유에서 나오는, 무언가를 창조해 내려는 힘이 전해진다. 감상 후에는 언제나 유쾌하면서도 동시에 혼자서 고민하게 된다. 내 머릿속에서 작은 혁신이 움트는 것이 느껴진다.

이 책을 통괄하는 하나의 흐름이 바로 연암이 말하고자 했던 '길'이다. 그것은 지금까지의 익숙함에 구속되지 않고 자유로이 생각하는 것이다. 이렇게 얻은 통찰을 나만의 지혜로 다듬고 생활에서 실천하는 것이다. 이렇게 얻은 삶의 지혜가 곧 '정의'다. 연암의 작품은 언제나 웃음 뒤에 예리한 비판을 담고 있다. 이 책《열하일기》역시 그랬다. 재미있는 일화 속에서 무언가를 느끼고 얻게 된다. 여유를 가지고, 부귀공명과 같은 세속적 가치에 흔들림 없이 자신의 사상을 펼친 연암은 분명 대단한 사람이다. 집필된 지 100여 년이 넘는 긴 시간이 흘렀음에도 이 책은 오늘날 살아가는 내게 생동감 있는 교훈과 깨달음을 준다. 그의 자취를 좇아 지금까지 나를 가둬 왔던 온갖 선입견과 편견, 독선 같은 사고의 틀을 깨고 신선한 생각을 해 보아야겠다는 각성이 내 가슴을 깨운다. 아직 나는《열하일기》라는 책의 의미를 모두 파악하지는 못했을지도 모른다. 하지만 지금 내가 찾아낸 것은 앞으로의 내 인생에서 제대로 된 이정표가 될 수 있을 것이라는 확신이 든다. 내 삶도 열하로 향하는 연암의 여정처럼 여유로우면서도 곳곳에 숨겨진 지혜를 깨닫고 마음으로 느끼는 올바른 길이기를 바란다.

제7회 대회 대통령상

조선시대의 남녀평등 사상

연암의 《열녀 함양 박씨 이야기》를 읽고

이경호/ 충북고 2학년

프랑스 대혁명을 도화선으로 불붙기 시작한 민간 평등사상은 오늘날 인종·남녀·민족 등의 영역으로 세분화되었다. 그런 영역 중에서 현대사회에서 가장 심각하게 대두되는 것은 단연 남녀평등 문제라 생각된다. 특히 우리나라에서는 보수적 남성들의 고루한 편견으로 말미암아 남녀평등이란 화두는 끊임없는 논쟁의 대상이 되어 왔다. 그러나 여성들의 끊임없는 노력에도 불구하고 아직 보수적인 남성들이 우세한 듯싶다. 현대 남성들도 쉽사리 수용할 수 없었던 남녀 간의 평등 문제를 지금으로부터 200여 년 전인 18세기에 이미 이해하고 있었다는 것은 놀라운 사실이 아닐 수 없다. 2세기나 앞선 민족의 선각자는 바로 연암 박지원이며, 그는 그의 수필 《열녀 함양 박씨 이야기》를 통해 남녀평등 문제에 대한 자기 생각을 강력히 피력하였다.

《열녀 함양 박씨 이야기》는 연암이 안의현에 부임했을 때 들은 열녀 이야기를 모티브로 쓴 수필로 조선 사회의 과부 개가를 금지하는 과부제를 신랄하게 비판하고 있다. 이 글은 크게 두 부분으로 나누어 볼 수 있는데, 서문에서는 과부 개가 금지에 대한 박지원의 생각을 직접적으로 밝히고 있으며 본문에서는 어느 과부의 이야기와 남편을 따라 자결한 열녀 박씨의 이야기를 함으로써 과부제의 비인간성을 표현했다. 그럼, 이제 연암의 이야기 세계로 들어가 보자.

그가 본문을 시작하면서 꺼낸 어느 과부의 이야기에서는 두 아들에게 들려주는 어머니의 인사부 사연을 통해 서얼에 대한 차별과 과부의 절개를 대수롭지 않게 여기는 당시 사회를 은근히 비꼬며 비판하고 있다. 과부의 자식이 또 다른 과부의 자식을 해하려는 모순적 상황과 인사부 동전을 통한 은유적인 풍자와 해학은 그의 앞선 생각뿐 아니라 그의 놀라운 문장력을 실감케 했다.

두 번째로 소개한 열녀 박씨의 이야기는 절개를 위해 목숨까지 버리게 하는 당시 풍속의 비인간성을 지적하고 있다. 연암은 또한 열녀 박씨의 이야기가 자신이 안의현에 부임했을 때 있었던 일임을 강조하여 이야기의 사실성을 부여하였다. 이러한 리얼리티를 통해 자신의 견해에 객관성을 불어넣은 연암의 글을 통해 나는 다시 한번 놀라지 않을 수 없었다. 당시 유학만이 절대적인 학문으로 받아들여졌고, 나라에서도 억불숭유라 하여 유교를 장려하던 유교 사회라는 점을 고려해 볼 때, 과부의 개가 금지라는 풍속에 반기를 든 연암의 생각은 가히 갈릴레이의 지동설과 같은 혁신적인 사고였다고 할 수 있다. 그런 혁신적인 생각은 어디에서 비롯된 것일까? 아마도 주어진 현실에만 안주하지 않고 새로운 것을 추구하는 그의 실학 정신과 독창적인 '진(眞)'의 문학을 추구했던 그의 문학관에서 말미암았을 것이다.

연암의 열녀 함양 박씨 이야기는 내가 처음으로 접한 고전이었다. 처음이기에 새로운 면도 있었고, 생소하고 낯선 면도 있었다. 그러나 그런 와중에도 분명한 것은 이 글을 통해 너무나 많은 것을 배울 수 있었고 고전의 매력을 알 수 있었다는 사실이다. 끝으로 독창적인 생각과 주옥같이 빼어난 문장으로 나를 고전의 매력에 심취하게 만든 연암 박지원 선생과 이 글을 현대어로 읽게 하여 주신 김순영 선생께 심심한 감사를 표하며 독후감 여기에 적어 둔다.

제6회 대회 국무총리상

박지원의 《말 이야기》를 읽고

여기선/ 천안 서여자중학교 3학년

얼마 전 국사 시간에 실학에 관해 공부하면서 연암 박지원 선생에 대해서 배웠던 것이 기억난다. 그는 중상학파의 한 사람으로 상공업의 장려와 더불어 그러한 상공업을 뒷받침해 줄 수 있는 수레나 선박과 같은 교통수단의 발달에 힘써야 한다고 적극 주장했던 사람이다.

《말 이야기》, 자동차나 비행기 같은 교통수단이 없었던 그 옛날, 유일한 교통수단이 도보(徒步)나 말이었을 것이다. 이 글의 주제인 '말'과 그가 주장했던 교통수단의 발달, 어딘가 일맥상통하는 부분이 있는 것같이 생각이 되었다. 그는 말이 그 시대의 주요 교통수단이며 전쟁 시 꼭 필요한 요소임에도 불구하고 말을 다루는 솜씨나 말을 먹이는 방법, 좋은 종자를 받는 방법 등에 대한 무관심을 지적하면서 각성을 촉구했다.

그리고, 당시 농사를 경시하는 풍습과 성리학에 치우쳐 '목축'을 꺼리는 고위 관리들의 한심함을 얘기하면서 "우리나라가 이토록 가난한 것은 대체로 목축이 이루어지지 못한 까닭"이라고 주장하고 있다.

난 이 글을 읽으면서 문득 "옛날의 교통수단이 말이라면 오늘날의 교통수단은 무엇일까?"하고 생각하면서 우리나라의 자동차와 도로 사정에 대해서 생각하게 되었다.

언젠가 한 번은 뉴스에서 완공된 지 일주일밖에 안 되는 도로에 금이 생긴 것을 보여주며 부실 공사와 무리한 자재 절약이 그 원인이라고 보도하는 것을 보았다. 또한 몇 년 전 성수 대교의 붕괴 역시 부실시공과 보수 태만이 그 원인이라고 보도되었었다. 옛날의 교통수단이 '말'이었다면 오늘날의 교통수단은 '자동차'라고 말할 수 있을 것이다. 그런데 그 '자동차'가 달리는 도로 공사가 그토록 부실하다니, 이는 "삶은 콩과 끓인 죽만 먹여 허약한 말"이 되게 한 것과 다름없다고 생각했다. 또 도로의 제한된 용량을 넘어서 다량의 화물을 실어 나르는 대형 화물 자동차들도 도로 사정을 더욱 악화시키는 원인이라고 볼 수 있다. 이 또한 "말에게 무거운 짐을 실어 병들게 하거나 죽게 하는 것"과 다를 바가 없을 것이다.

마지막으로 자꾸만 늘어나는 자동차의 수 역시 도로 사정을 악화시키고 있는 원인으로 손꼽을 수 있을 것이다. 현재 우리나라의 자동차 보급률은 4가구당 1대로 현재의 도로가 수용하기에는 너무도 많은 수라고 한다. 추석이나 설 연휴 때, 귀성 차량으로 거대한 주차장을 이루는 고속도로나, 출퇴근 시간의 교통 체증이 이를 입증한다. 그래서 '10부제 운영'이나 '승용차 같이 타기' 등의 캠페인을 벌이지만, 그리 큰 효과를 거두고 있지는 않은 듯하다.

사람이나 물자의 교류가 별로 없던 그 옛날, 박지원 선생은 유일한 교통수단으로서의 '말'에 대해서 당대의 잘못된 점을 지적하고 시정하기를 주장하셨다. 점점 사람이나 물자의 교류가 다양화, 대량화되어 가는 오늘날 자동차와 도로의 여러 문제점이 옛날 '말'에 대해 무지했던 것과 다름이 없으니 연암 박지원 선생이 이러한 현상을 보신다면 얼마나 한심해하실까, 하는 생각이 들면서 조금이나마 이러한 우리의 모습이 달라졌으면 좋겠다고 생각했다.

제5회 대회 대통령상

희생된 의병의 영혼에 감사를 보내며

《의병항쟁사》를 읽고

임혜연 / 배화여자고등학교 2학년

찌는 듯한 불볕더위, 수목은 푸르르고 햇살 건강한 여름이지만 뜨거운 아스팔트와 매연에 휘감긴 뿌연 도시, 하늘을 항상 접하는 나로선 덥고 비도 많이 내리는 이 계절이 그리 반갑지만은 않다. 문득 책에서 만난 의병들을 떠올려 봤다. 번듯한 무기도 별로 갖추지 못한 채 정신력과 용기로 어려움을 이겨내고 이 땅을 지키신 그분들께서 지금 이깟 더위에 무기력해진 내 모습을 보신다면 얼마나 한심해하실까, 생각하니 부끄러운 생각에 절로 고개가 숙어진다. 우리나라는 그 지리적 조건 때문에 참 많은 침략을 당했다. 그중에서도 큰 아픔을 남긴 전쟁이 있다면 임진왜란을 꼽고 싶다. 지금까지 계속되는 일본과의 적대감과 거리감이 그 임진왜란에서부터 시작되었다고 서슴지 않고 말할 만큼 임진왜란은 우리 민족에게 막대한 손실과 상처를 던져

주었다.

임진왜란에 있어서 꼭 기억되는 인물들이 바로 다름 아닌 의병들이다. 정식 군사가 아니었던 승려나 여러 농민이 모여 이루었던 전국 곳곳의 의병들은 나라를 위해서는 진정한 애국이 무엇인가를 일깨워 주는 장본인들이다. 크게는 위험에 처한 나라 생각에 작게는 내 고을과 부모 처자를 보호하려는 생각에 너 나 할 것 없이 생계를 팽개치고 달려드는 그들의 모습은 정과 의리가 바탕을 이루는 우리 정통 사회의 일면을 보는 듯해 코끝을 찡했다.

전쟁에 대한 별다른 지식이나 무기가 충분하지 못했기 때문에 그들은 생활에 이용되는 여러 가지를 동원했고 지역적 특성이나 주변 지리를 분명하게 익혀 전술로 사용함으로써 통쾌하고도 멋진 한판승을 거둘 수 있었다. 뜨거운 물에 매운 고춧가루를 풀어 사용한 것이나 최초의 의병 곽재우가 사용했던 군사 여럿이 붉은색 똑같은 옷을 입고 불쑥불쑥 나타나 적의 시야를 혼란하게 만들었던 방법 등은 역사에 길이 남을 완벽한 전술이었다. 그렇지만 관군의 협조도 변변치 못했고 수적으로나 갖추고 있는 병기의 측면에서 우린 완전히 열세였다. 이러한 모든 것을 극복하고 승리로 이끌 수 있었던 건 그들의 정신일 것이다. 다름이 아닌 정신력이기에 난 더 큰 감동을 받고 교훈을 얻는다. 물질을 최고로 알고 기계가 많은 것을 해결해 주기 때문에 인간은 한없이 나약하고 잔악해지는 현 세상에서 의병들이 지켜 온 정신력과 투지는 현대에 사는 나에게 무한한 가치를 일깨워 준다.

모자라지만 그것을 탓하지 않으며 끝까지 죽는 한이 있더라도 최선을 다하는 그들의 당당한 모습에서 핵무기 한 개로 온 인류를 위협하는 반인륜적이고 비겁한 우리의 전쟁 문화를 되짚어 보게 된다. 앞으로 내게 닥쳐올 많은 시련과 고통, 현재 우리 모두 마주하고 있는 무역 적자와 환경 오염 사태, 그리고 우리를 계속 맥없게 만드는 반인륜적 행태의 연속, 이 모든 걸 이겨 나가는 데에 있어 그들이 보여준 강인한 정신력과 투지가 그 해결의 열쇠가 되리라고 믿는다.

비록 실패라 하더라도 그 실패로써 교훈을 얻는다면 그것은 결코 헛된 것만은 아니라고 어느 성공한 사업가가 말했다. 눈을 감고 가만히 의병들의 함성을 들어본다. 지금 실패라 여겨지는 것, 그리고 무기력, 이 모든 것을 잊게 하고 새로운 도약을 촉구하는 그들의 음성에 난 지금 마음이 급하다. 무엇을 하든 간에 후회 없는 나의 모습, 지치지 않을 힘찬 발걸음을 다짐해 본다. 오늘의 나, 그리고 앞으로의 나를 있게 해 준 희생된 의병들의 넋을 기리며 영원히 끊이지 않을 뜨거운 박수를 보낸다.

내 안의 지혜를 깨우는

K-민담

—

초판 1쇄 발행 2025년 2월 15일

엮 은 이 김을호

펴 낸 이 김채민

펴 낸 곳 힘찬북스

출판등록 제410-2017-000143호

주 소 서울특별시 마포구 모래내3길 11, 214호

전화번호 02-2272-2554 **팩스번호** 02-2272-2555

전자우편 hcbooks17@naver.com

—

—

ISBN 979-11-90227-53-7 03810